AF596244

Pour un public averti, très averti !

1ère impression

Avertissement

Les personnages et les situations de ce récit étant purement fictifs, toute ressemblance avec des personnes ou des situations existantes ou ayant existé ne saurait être que fortuite.

Crédit graphisme : Valérie Clément
Impression via Amazon ™
ISBN : 978-2-9822047-1-3
Dépôt légal : 864469
Impression via Amazon™

COURS PETITE !

À ma fille, tu es mon soleil.

NOTE DE L'AUTEURE

Noter que les personnages de ce roman sont tous fictifs et la similitude avec une personne vivante n'est que coïncidence.

Toutefois, des histoires de disparitions, il y en a beaucoup et afin de perpétuer la mémoire de ces personnes, plusieurs organismes travaillent d'arrache-pied pour élucider ces mystères afin de donner un répit aux familles.

Si vous connaissez quelqu'un ou que vous avez des informations sur une personne disparue ou une victime de meurtre, je vous invite à communiquer avec le MDIQ.

www.meurtresetdisparitions.com

PROLOGUE

Pendant combien de temps peut-on sévir en toute impunité ?

À l'orée de la forêt, dans le village de Calme Forêt, au côté sud, une plaque commémorative fut installée par les habitants. Une façon pour eux d'avancer dans l'horreur des évènements tragiques. On pouvait y lire :

À la mémoire de

Caroline Hamel 1951 - 1992

Anne Chevrier 1975 - 1994

Christine Lord 1964 - 1996

Rayn Sinclair 1973 - 1998

Suzie Courtemanche 1980 -2000

Myriam Blanchard 1978 - 2002

Et toutes les victimes encore inconnues. Votre souvenir continue de planer sur nous. Un jour la vérité éclatera et vos mères, vos filles, vos sœurs, reposeront en paix.

CHAPITRE

Rose savait que son Ruth était différent et elle l'acceptait comme il était, à l'instance de son géniteur, qui lui, n'appréciait pas que son unique fils soit divergent. Il avait voulu en faire un joueur de baseball professionnel. Pour Lucien Michaud, rien n'était aussi important que le baseball. Il mangeait baseball, parlait baseball, pariait baseball, le regardait à la télévision et l'écoutait à la radio. Le baseball était toute sa vie, si tant bien que lorsque son fils est né, à l'hôpital, il s'était écrié que son garçon allait un jour faire parler de lui et qu'il serait sur toutes les lèvres. Il n'avait pas complètement tort.

1972 — Babe Ruth à Ruth Michaud

Ruth Herman Michaud est né à l'hôpital Saint-Sacrement-de-l'Enfant-Roi dans une petite région au nord de la Métropole. Un village d'environ mille sept cents âmes, qui vivaient au rythme des saisons, du hockey et du baseball. Il fut nommé ainsi en l'honneur de Georges Herman Ruth, le grand Babe Ruth[1].

Les premières années de sa vie, le jeune garçon les avaient passées avec sa mère, son père le saluait ici et là, mais jugeait qu'il était trop petit pour entreprendre quelques rapprochements qui soit. Déjà, enfant, sa différence était facile à distinguer. Il ne parlait pas ou peu. Il n'avait pas de problèmes de langage ni de retard. Il n'en avait simplement pas envie. Il n'en voyait pas l'utilité. Il enlevait automatiquement les yeux de ses jouets ou les barbouillait de crayon noir. Il pouvait rester assis, longuement, comme s'il était complètement absorbé par quelque chose d'invisible.

---

[1] George Herman Ruth Jr., dit Babe Ruth, alias « The bambino », né le 6 février 1895 à Baltimore, Maryland, et mort le 16 août 1948 à New York, est un joueur américain de baseball ayant évolué en Ligues majeures du 11 juillet 1914 au 30 mai 1935. Il est ainsi reconnu comme le plus grand joueur de baseball de tous les temps.

C'était à son quatrième anniversaire, juste avant de faire son entrée à l'école du village, que son père avait décidé qu'il était maintenant prêt à commencer son entraînement. À partir de cette journée, la vie de Ruth était devenue « baseball », comme son père. À la différence que lui, n'avait aucun intérêt pour le sport.

Le patriarche l'avait inscrit au club du village, en mentant sur l'âge du petit, pour être certain qu'il fasse partie de l'équipe.

Lucien était exigeant et s'emportait facilement. Lorsque son fils ne participait pas « assez fort » à ses yeux, s'il manquait la balle ou s'il s'en désintéressait simplement, le petit recevait une correction. Une claque derrière la tête, un coup de ceinture sur les fesses du garçonnet. C'était une autre époque et il n'était pas rare qu'un père de famille corrigea ses enfants de la sorte.

Autre époque, autres coutumes.

Rose fermait les yeux sur les incartades de son mari. Elle ne laissait rien paraître, mais elle conditionnait son petit à s'assumer, à dire non quand les histoires de balles allaient trop loin. À force de constater, Lucien avait dû se rendre à l'évidence ; Ruth n'avait que le nom du héros de baseball. Un fossé s'était créé entre le père et le fils.

Adolescent, il était timide, renfermé et distant. Il devait concilier avec les moqueries de ses pairs et celles de son père qui avait abandonné « leurs » rêves de ligue nationale. Le soixantenaire répétait souvent qu'il avait le nom d'un grand homme, qu'il n'en était pas digne et qu'il n'était en fait qu'une petite femmelette. Ruth subissait sans rien dire, il avait appris à se taire rapidement. Sa mère l'épaulait toujours et le défendait bec et ongles contre tous, surtout son mari.

Lucien Michaud aimait aussi la chasse et la pêche. Il s'était acheté un petit lopin de forêt dans le village en s'installant dans la région, avant la naissance du petit. Un endroit calme et serein où il allait souvent pratiquer ces sports, mais aussi pour se retirer lorsque la soupe devenait trop chaude à la maison ou encore au travail. Il était arrivé dans la région sur un coup de tête, comme s'il avait fui quelque chose. Il avait déniché un emploi dans l'usine du village voisin et y avait travaillé le restant de sa vie.

Quand Ruth avait dix-sept ans, Lucien est mort d'une crise cardiaque alors qu'il allait faire le tour de son lot forestier. Il n'avait que soixante-deux ans. C'était un matin, il était arrivé juste avant le lever du soleil pour avoir une plus longue période de chasse, le temps était doux à la fin avril. Arrivé dans la petite clairière, il s'était senti d'un coup très mal : une douleur vive, oppressante, une sensation de brûlure à la poitrine, il était essoufflé comme jamais, s'était mis à transpirer puis s'effondra sur le dos, au centre de l'éclaircie, les yeux ouverts vers le ciel.

Il avait l'habitude d'y aller seul, alors voyant qu'il ne rentrait pas pour le souper, personne ne s'en formalisait vraiment. Quand, au petit matin, il n'y avait toujours aucune trace de Lucien, Rose contacta le jeune René Hébert, directeur de la sécurité civile et des mesures d'urgence du patelin. Ce dernier, accompagné de Ruth, car il était le seul à connaître les grands et sombres bois, étaient partis à la recherche du patriarche Michaud.

C'était l'adolescent qui l'avait trouvé en début d'après-midi, quelques vautours volaient autour de la dépouille de son père. Des lambeaux de chair avaient été arrachés du corps, ici et là. Un des yeux avait été picoché. Il s'était approché de très près pour contempler les ravages de la nature. Il était obnubilé, au loin le cri d'un grand urubu[2] s'était fait entendre. C'était une scène inoubliable qui avait profondément marqué le jeune homme, ça l'avait changé à jamais. Seulement, pas de la façon dont on pourrait s'attendre dans ce genre de situation.

Il avait tiré un coup de feu dans les airs avec sa petite carabine, comme il était coutume de faire lors de recherches en milieux arides. Le directeur Hébert le rejoignit aussitôt et appela la police provinciale avec sa radio. Ruth fut amené à l'hôpital pour un possible choc nerveux, pourtant il allait bien.

Peut-être trop.

Il était soulagé, un de ses calvaires était enfin terminé. La seule chose qui était différente pour l'adolescent, c'était qu'à partir de ce moment, il devint fasciné par la mort, par les carnassiers qui mangeaient la chair morte. Au fond de lui, une grande noirceur, non inconnue, s'était réveillée.

Il n'avait pas pleuré, ni lors de la découverte, ni quand il a vu sa mère s'effondrer, ni lors des obsèques. Il ne voyait pas pourquoi on en faisait tout un plat, c'était ça la mort après tout. Il n'éprouvait aucune émotion et n'arrivait

---

[2] L'urubu à tête rouge est un gros oiseau aux allures de vautour, oiseau de proie

pas à comprendre celle des autres. Il était là, en retrait, en silence, regardant les arbres qui dansaient, loin près de la montagne.

Le fossé entre le jeune homme et le reste du monde s'était encore plus élargi depuis l'évènement. Sa différence se démarquait encore plus et mettait généralement les gens mal à l'aise. Il était souvent, voire toujours mis de côté, isolé.

Quelques étudiants de la polyvalente qu'il fréquentait à l'époque s'étaient présentés, accompagnés de leurs parents. Ils se tenaient ensemble dans un coin et malgré la tragédie qui affligeait les Michaud, aucun ne s'était approché, ils avaient délaissé volontairement le garçon bizarre. Aucun d'eux ne l'avait salué, ne l'avait approché. En fait, aucun d'eux n'avait osé regarder dans sa direction. Il était d'une solitude inouïe qui l'accommodait bien.

Au deuxième jour des funérailles, Ruth décida de visiter la maison funéraire. Il se promenait dans les corridors des columbariums, des salles d'expositions. Puis, il arriva devant une porte « Personnel autorisé seulement ». D'un haussement d'épaules, il ouvrit les portes battantes et avança dans un long corridor aux allures lugubres. Au bout de ce passage, il y avait deux portes face à face, l'une mentionnait « chambre mortuaire » et l'autre « Local d'accueil — Famille ». Il entreprit d'ouvrir la chambre mortuaire, qu'elle ne fut pas sa surprise de voir deux tables de travail, dont un avec un corps. Il vit aussi les cases réfrigérées le long d'un mur. Le corps blanc étendu était recouvert d'un drap jusqu'aux épaules, la tête de la femme et son visage étaient à découvert.

Jamais de sa vie, il n'avait été aussi près d'un cadavre aussi beau que celui-là. La peau comme cireuse, qui lui semblait tellement douce. Son père avait été charogné par les animaux de la forêt et n'était pas trop reconnaissable, il avait gonflé au soleil.

Cette femme toute blanche, bleutée, était magnifique. Il aurait dit un ange. Il s'en approcha doucement, comme pour ne pas la réveiller. Arrivé à son niveau, il glissa le dos de ses doigts sur son visage, une caresse ingénue. Il passa ses doigts sur sa bouche violacée, ses lèvres étaient fermes et froides. Il laissa descendre sa main sur les épaules de la dame, sur ses clavicules, de son sternum, entre ses seins flétris, tombant de chaque côté de son corps. Il lit l'étiquette d'identification apposée sur la table de travail : Anne

Béchard (47). Il en conclut qu'elle avait donc quarante-sept ans. À la vue de ce corps majestueusement mort, Ruth avait ressenti une sensation agréable dans son entrejambe, une chaleur le faisait durcir dans la froideur ambiante. Il avait envie de la découper, de lui faire mal. Pourquoi ne pas la regarder se faire dévorer par les animaux comme son père ?

Au moment, de se pencher sur son corps pour la humer, la porte s'ouvrit avec fracas et un employé du funérarium s'écria :

— C'est une pièce privée, n'avez-vous pas vu les écriteaux ? Vous n'avez pas le droit d'être ici, SORTEZ ! Ou j'appelle la sécurité.

L'intrus s'exécuta rapidement, roulant des yeux et retourna au salon où son père reposait, devant une foule de connaissances curieuses ou d'inconnus fouineurs.

« Vivement la fin de ce cirque rituel inutile », pensa-t-il.

Au moment de mettre en terre Lucien Michaud, la famille proche, éplorée, se recueillait autour d'un trou où descendait le cercueil fermé, qui contenait ce qui restait de l'homme qu'il avait tant haï. Il ne put réprimer un éclat de rire importun, au grand désespoir de sa mère, qui leva les yeux embués de larmes au ciel.

Une pelletée de terre plus tard, le cirque était fini. Tous rentraient chez eux, se racontant des histoires, des ragots sur la famille Michaud : le fils disjoncté, la femme malheureuse. Un dimanche qui avait occupé la plus grande partie du village de Calme Forêt.

Quelques mois plus tard, il avait obtenu son diplôme, sans mention ni mérite et Ruth Herman Michaud s'était trouvé un travail étudiant de concierge pour le village. Il s'occupait de l'école primaire et la polyvalente, de la bibliothèque municipale, de l'aréna et des terrains extérieurs de baseball.

À la fin de cet été-là, avec l'aide de Gérard, le meilleur ami de son paternel, la municipalité lui avait offert un emploi stable, un travail de solitaire qui lui convenait parfaitement. Il pouvait épier les gens sans que personne ne s'en rende compte. Il avait la réputation d'être un peu retardé, ce qui était tout à fait faux, mais ça l'arrangeait bien. Il savait qu'il était d'une grande intelligence, plus que la plupart des gens, mais il ne laissait rien paraître.

Ne pas attirer l'attention, c'était son leitmotiv.

À la suite de son comportement étrange après la découverte de son père, les médecins avaient suggéré de lui faire passer des tests pour comprendre sa réaction, ou plutôt son absence de réaction dans cette situation particulière. Il avait fait plusieurs tests à l'hôpital quand son père était décédé. Les médecins voulaient comprendre pourquoi l'adolescent réagissait différemment aux évènements. Ils s'étaient mis à lui faire passer une batterie de tests pour comprendre ce cerveau divergent. Rose, sa mère, avait demandé que l'on cesse les examens, que de toute façon les résultats importaient peu. Ruth était ce qu'il était, point final. On avait appris alors qu'il avait un haut potentiel intellectuel, mais qu'il ne l'utilisait pas à bon escient.

Ses employeurs avaient une confiance aveugle en lui et cette année, il célébrait ses quatorze ans de service. Il n'avait pas pris un seul jour de congé, il travaillait les jours fériés permettant aux autres employés de profiter d'un peu de temps en famille. Il était serviable et toujours d'adon. Cet emploi permettait à l'homme beaucoup de lassitude, il pouvait s'absenter quelques heures pour régler quelques détails ou situations, sans que cela gêne son travail.

Le petit Ruth avait bien grandi, il était maintenant devenu un homme. Grand et mince, plutôt fort physiquement. Ses cheveux jadis blonds étaient devenus brun clair et ses yeux pâles se fondaient dans un visage ordinaire. Ni beau ni laid. Il était reclus, taciturne et discret.

Il vivait toujours avec sa mère chérie qui s'arrangeait bien d'avoir un homme à la maison. Elle lui préparait encore les petits déjeuners, lavait ses vêtements et les rangeait. Rose était une mère extraordinaire, qui acceptait son enfant tel qu'il était et qui ne posait pas de questions sur son emploi du temps.

Rose savait que son fils était différent, fermait les yeux sur le voile noir qui lui recouvrait l'âme. Un voile qu'elle reconnaissait malheureusement.

CHAPITRE

1998 — Rayn Sinclair (Automne)

Le soleil se levait à l'est sur la forêt primitive. Au loin, le grondement de la horde d'oiseaux qui s'envolent se faisait entendre. Un urubu à tête rouge survolait la cime des arbres.

En bordure de la route, sortant du bois du côté ouest, un homme rejoignit sa voiture, laissée là la veille, dans la pénombre. Une vieille camionnette ayant connu de meilleurs jours, mais qui était encore très vaillante et qui l'amenait d'un point à l'autre. Il n'en demandait pas plus. Il démarra tranquillement, alluma sa radio pour entendre les nouvelles du jour, qu'il écoutait distraitement en reprenant la route pour rentrer chez lui.

Il aimait de temps en temps aller passer la nuit en forêt sur son terrain d'environ cinq acres, dont il avait hérité à la mort de son père. C'était un des rares endroits de la région encore vierge de constructions et de technologies. Un peu à l'est, il y avait un tout petit lac, que dire, un étang, où couleuvres, grenouilles et libellules se côtoyaient. Il aimait s'asseoir près de l'étang pour regarder la nature bouger. Un peu au nord du point central, une clairière s'ouvrait dans les bois arides, permettant de regarder les étoiles la nuit sans nuisance et où le soleil brillait dans la journée. Ruth connaissait chaque recoin, chaque parcelle de son terrain, il savait que tant qu'il était dans l'enceinte de la forêt c'était celle-ci qui dominait et il en tirait avantage.

Il arriva à la maison juste à temps pour le petit déjeuner que sa mère, Rose, avait préparé. Il avait stationné son camion dans le stationnement, sous l'abri d'auto et était entré par le garage collé sur la maison. Il avait retiré ses vêtements avant de se nettoyer et d'en enfiler des propres.

« Bonjour, mon chéri, tu as dormi dans le bois ? »

Ce matin-là, avant d'entrer dans la cuisine, il avait fait tremper ses vêtements dans la cuve, avec des produits nettoyants assez forts pour faire disparaître toute trace. Après le repas, il s'était rendu au travail avec sa camionnette, oubliant que le sac à main d'une jeune femme était toujours sur la banquette arrière. Ses collègues étaient regroupés autour d'une tasse de café avant de se mettre en route pour la journée.

Certains parlaient de la partie de la veille diffusée à la télévision, d'autres mentionnaient leurs escapades en ville prévues pour le week-end suivant. Gérard, un collègue de Ruth, parlait de la sirène qu'il avait vue au bar, la veille. Une belle et sexy jeune fille, clairement une touriste. Elle s'était arrêtée au Montagnais et avait ensorcelé tous les hommes présents. Sa belle chevelure aux reflets rouges, ses lèvres de suceuse, les avaient-il qualifiées. Ses seins plantureux, son petit look d'intellectuelle cochonne, il en avait rêvé toute la nuit et il s'était réveillé avec toute une érection. Il était fier de dire que sa petite Yvonne l'avait déchargé avec sa bouche pour déjeuner, alors qu'il ne pensait qu'à l'autre, l'inconnue. Sous les rires gras des autres hommes qui se préparaient et les « top-là », le vieux était fier de son effet.

Ruth espérait que personne d'autre que Gérard n'avait remarqué la présence de la jeune femme. Les gens de Calme Forêt étaient habitués aux esclandres du vieux teigneux. Il avait toujours fait attention à ne jamais prendre des filles du village, il choisissait toujours ses petites proies parmi les touristes ou les gens de passages qui se présentaient à lui, afin de n'éveiller aucun soupçon. Comme si elles étaient destinées à se mettre sur sa route.

La veille, un soir d'automne, le village était tout en couleurs, c'était magnifique. Une femme dans la vingtaine s'arrêta au petit bar du coin : « Le Montagnais », nom pathétique, que les premiers propriétaires avaient donné en mille neuf cent soixante-deux. Aujourd'hui les nouveaux proprios avaient gardé le nom ultra ringard, justement parce qu'il était démodé. La jeune femme était de passage, ça se voyait tout de suite, elle ne se fondait pas dans la masse populaire. Le barman avait joué de tout son charme, mais la belle ne se laissa pas prendre. Rayn Sinclair était une personne forte, fière et très sure d'elle, ce qui rendait majoritairement la gent masculine inconfortable. Après quelques verres, seule au comptoir, elle avait réglé la note, revêtit sa veste de cuir et quitta le bar-motel en faisant un clin d'œil au barman.

Dehors, elle prit une grande inspiration, la fraîcheur de l'air l'avait surprise et elle faillit s'étouffer. Elle regardait un peu partout, cherchant un endroit pour planquer sa voiture et faire un petit roupillon avant de repartir le lendemain matin. Elle ne dormait pas dans les chambres de motel de village, elle aimait mieux le grand air. Son métier de reporter touristique la faisait voyager partout dans la province, c'est la seule raison pour laquelle elle avait accepté. Elle se voyait reporter aux bulletins du soir, rapportant les crimes de la Métropole, mais la vie en avait décidé autrement.

« Pour l'instant », se répétait-elle, ambitieuse.

Elle s'était rendue à la supérette face au bar, pour y prendre une bouteille de vin bon marché, vendue en litre. Elle avait voulu se détendre en regardant les étoiles, buvant à même le goulot.

En sortant de l'épicerie, elle n'avait pas regardé où elle allait, lisant l'étiquette de sa bouteille et se heurta au jeune homme de vingt-cinq ans, timide et au regard fuyant.

— Je suis désolée, avait-elle dit, je ne vous ai pas vu.

Pour toute réponse, il haussa les épaules et laissa passer la jolie fille avant de reprendre sa route.

— Excusez-moi, vous êtes de la région ?

Il s'immobilisa et se tourna vers la demoiselle, sans dire un mot.

— Je cherche un endroit, vous pourriez m'aider ?... Je cherche un endroit où je pourrais stationner ma voiture et regarder les étoiles cette nuit, sans me faire déranger. Vous ne connaîtriez pas un bon spot ?

Il réfléchit un instant, pas pour lui trouver un endroit, il savait parfaitement où l'amener, mais bien pour s'assurer qu'elle ne manquerait à personne, elle n'était pas du coin et personne ne remarquerait son absence.

Enfin, pour un bout.

Il la détaillait de haut en bas, c'est vrai qu'elle était franchement jolie, un corps bien proportionné, ni trop maigre, ni trop gros. Des jolies courbes gourmandes aux bons endroits. Il humecta ses lèvres en inspirant profondément. Il détestait devoir parler, mais pour une occasion pareille, il allait faire exception. Elle s'était présentée sur un plateau d'argent. C'était avec sa voix grave, presque caverneuse qu'il répondit :

— Je vais aller chercher mon camion.

Il tourna les talons en reprenant sa marche. Elle le vit tourner le coin de rue et il disparut de son champ de vision. Elle ne vit malheureusement pas la noirceur dans les yeux de l'homme.

Elle prit place dans sa petite coccinelle et démarra. Elle replaça ses longs cheveux couleur acajou, sortit une carte routière de son coffre à gant et en relevant les yeux, elle vit une camionnette se placer devant son véhicule. Le conducteur lui fit un signe insinuant de le suivre. Signe auquel elle répondit par un pouce en l'air et enclencha la vitesse. Elle enterra ce sentiment de panique qui montait en elle, en dévissant sa bouteille de vin. Elle prit une longue gorgée en suivant l'inconnu.

Ils avaient roulé près de vingt minutes avant de se ranger sur le bas-côté de la route. Ils s'étaient éloignés du centre-ville du village, pour arriver sur une route boisée presque désertique. Elle était sortie de sa voiture pour rejoindre son « guide », alors qu'il descendait de sa camionnette au même instant.

— Vous êtes certain que je peux passer la nuit ici ? s'enquit-elle

Il avait haussé les épaules encore une fois. Voyant qu'elle était perplexe, il avait répondu :

— Tu peux rester ici, mais je peux te montrer un endroit encore plus beau pour regarder les étoiles.

Elle eut un mouvement de recul, après tout, elle ne connaissait nullement cet individu, quoiqu'il eût l'air totalement inoffensif. Il fixait la pointe de ses pieds, les mains dans les poches, sa timidité pouvait se sentir à des kilomètres à la ronde. Elle le reluqua quelques instants, ignorant les papillons au ventre. Elle n'avait pas de raison d'avoir peur et balaya d'un revers de main la dangerosité de la situation. Elle accepta de le suivre dans la forêt, verrouillant sa voiture avant de lancer ses clés dans son sac.

« Advienne que pourra » avait-elle murmuré.

Elle suivait l'inconnu de près, la forêt épaisse lui semblait beaucoup moins attirante que lorsqu'elle était sur le bord de la route, la densité était oppressante. Elle avait l'impression de tourner en rond, revoyant sans cesse les mêmes troncs d'arbres, les mêmes souches, les mêmes branches. Après ce qui avait semblé des heures, qui en réalité n'était qu'une quinzaine de minutes, ils arrivèrent enfin à une clairière qui dégageait le ciel complètement, permettant un spectacle de lumières incroyables, elle en eut le souffle coupé. Mon Dieu ! C'est magnifique, c'est grandiose.

Il sortit une couverture de son sac à dos, prenant soin de ne rien faire tomber du reste du contenu. Il l'installa sur le gazon froid et humide, il fit signe à la belle de prendre place.

— Je m'appelle Rayn, dit-elle en lui passant la bouteille de vin.

— Ruth.

— C'est un nom de fille non ? Bah, qui suis-je pour juger, je m'appelle littéralement pluie !

Il avait timidement souri. Il trouvait Rayn magnifique, ses lèvres bombées, son petit nez retroussé et ses grands yeux ronds encadrés de mascara. Elle portait une monture qui lui sciait à merveille. Elle regardait le ciel sans se rendre compte qu'il la jugeait, la calculait. C'était sans doute une des plus belles femmes qu'il avait amenées à la clairière.

Elle buvait son vin tranquillement, étant absorbée par la Voie lactée qui dansait devant ses yeux. Il attendait que l'alcool la détende bien comme il faut, avant de s'immiscer derrière elle, pour attendre le bon moment.

Et c'est sans prévenir qu'il fit passer une corde au-dessus de sa tête pour la loger dans son cou afin de l'étrangler, il ne voulait pas la tuer, seulement lui faire perdre connaissance. Elle se débattit avec une force animale, malheureusement ça ne servait à rien, Ruth était bien plus fort qu'elle.

« Crie petite, personne ne t'entend ».

Au bout d'environ trois, quatre minutes tout au plus et il avait senti le corps de la jeune femme devenir aussi mou que de la guenille. Il savait qu'il n'avait pas beaucoup de temps avant son réveil. Il s'empressa de lui attacher les poignets et les chevilles tous connectés aux liens à son cou, afin de limiter ses mouvements. Si elle tirait trop les bras, elle pouvait casser ses jambes et si, au contraire, elle tirait sur ses jambes, elle pouvait s'étrangler. Il l'avait ensuite suspendue à la branche du grand peuplier en périphérie de la clairière, ses orteils touchaient à peine le sol qui commençait à geler.

Il avait remonté son chandail afin de voir sa majestueuse poitrine. Avec son couteau, il avait coupé son soutien-gorge, griffant sa peau du même coup. Ses seins voluptueux valaient le coup d'œil, il sentait déjà son membre durcir dans son caleçon. Il défit sa ceinture, son bouton de pantalon, la fermeture éclair, lentement, doucement. Il étirait son propre plaisir. Il descendit le jeans de la pauvre petite, affichant son string rouge vif, invitant, provocant.

Rayn revint à elle dans les minutes suivantes, elle était dans une position vulnérable, les pantalons aux chevilles, le chandail remonté. Elle pleurait et criait. Il s'était alors caché dans la forêt pour voir sa réaction, c'est ce qu'il aimait le plus, les voir paniquer, crier, pleurer. Il caressait son membre dur, par-dessus son jeans.

Elle hurlait à l'aide en essayant de se défaire de ses liens. Sentant la corde se resserrer autour de son frêle cou, elle cria encore plus fort, à pleins poumons. Quelques oiseaux s'étaient envolés, dérangés dans leur nuit.

Ruth se glissa près de la jeune fille, qui essayait tant bien que mal de s'éloigner de ce monstre. Plus elle se débattait, plus il était excité.

— Qu'est-ce que tu me veux, merde ? ! Pourquoi tu fais ça ?

Il ne répondit pas, se contentant d'inspirer longuement pour bien humer l'odeur des cheveux de Rayn. Elle sentait délicieusement bon. Dans son sac à dos, ses outils de prédilection l'attendaient. Un couteau à dépecer d'environ vingt centimètres, de la corde de nylon assez large qu'il avait pris dans les affaires de son vieux, après sa mort. Il avait déjà en main son couteau de chasse.

— Pourquoi tu fais ça, criss ? Qu'est-ce que j'ai fait pour ça ? Je voulais juste voir les étoiles. Ruth ! Criss arrête de niaiser pis détache-moi, je dirai rien à personne. Je le jure, je repars vite fait, comme s'il s'était rien passé !

Pour seule réponse, il lui versa le reste de sa bouteille au visage, faisant couler le jus lentement. Le vin coulait entre les seins de la fille, il se pencha vers celle-ci pour lécher à même la peau le liquide chaud. Elle essaya de le frapper avec son bras, qui n'eut que pour effet de faire craquer sa jambe. Elle n'était pas cassée, juste abîmée. Elle pleura de douleurs suppliant l'homme de la laisser partir.

Il fondit ses yeux assombris par le voile de violence dans ceux de la Rayn, il voulait lire en elle avant de continuer son jeu.

Peur, panique, regret.

— Tu vas me tuer ?

Ruth était asocial, typiquement dérangé, Ruth n'aimait pas les gens et ceux-ci ne l'aimaient pas en retour. Ruth ne tuait pas. Ruth torturait.

— Non, pas moi, lui avait-il murmuré.

Il lui fit une entaille sur la joue, juste pour faire couler le sang chaud qu'il lécha lentement sans la quitter des yeux. Elle eut comme un mouvement de recul, rempli de dégoût. Il défit la corde qui la retenait à l'arbre, elle s'effondra au sol comme un chiffon. Il la saisit alors par les cheveux, la traînant au centre de la clairière, là où son géniteur était mort des années auparavant. Il la coucha sur le dos et c'est alors qu'elle prit pleinement conscience de la réalité qui s'abattait sur elle. La pauvre s'était retrouvée au mauvais endroit au mauvais moment. Elle avait croisé la route d'un homme connu comme étant différent, sans vergogne, sans cœur. Un infâme personnage, hostile et méprisant. Et elle ne s'en sortirait pas vivante.

Elle avait appris dans ses cours d'autodéfense, payés par le journal où elle travaillait, qu'en cas d'agression, il valait mieux laisser l'attaquant faire, accepter son sort. Un agresseur prend du plaisir à voir ses victimes avoir peur, être paniqués.

Devant les yeux emplis de larmes de Rayn, l'homme se défit de ses vêtements, les replia proprement et les mit dans son sac. Il était debout face à elle, la surplombant, la dominant, une étincelle malveillante brillait dans le fond de ses yeux. Sa verge, qu'il caressait, était bien tendue. Son air se transforma, il n'était plus le petit minable qu'elle avait abordé, non. C'était un barbare sanguinaire qui se dessinait sous ses yeux.

Il se pencha sur la plantureuse poitrine de la femme, la mordant, tellement fort, qu'on pouvait distinguer sa dentition dans la peau meurtrie. Les larmes coulaient sur les joues de la belle, mais elle ne criait pas. Elle essayait de le laisser faire.

— Avec ton petit string provocant, tu voulais juste te faire prendre comme une bonne pute. Tu voulais juste ça, c'est ça ? dit-il, d'une voix qui aurait fait frissonner même le diable.

Grave, imposante, gutturale.

Il lui asséna un coup de poing en plein visage, regardait le sang couler de son nez et ça l'excitait. Il essuya l'hémoglobine et se masturbait de plus belle avec le sang qui séchait sur ses doigts. Elle n'offrait pas de résistance. Elle était sur le dos, sagement couchée, acceptant tout ce que l'abject merdeux avait à lui faire.

Il avait de la difficulté à garder son érection, c'était trop facile. Il voulait qu'elle ait peur, qu'elle se débatte, il se mit à l'étrangler pour la faire réagir, au bout de quelques minutes, elle commença à se tortiller, son visage était rouge et ses yeux exorbités, il s'introduisit en elle à ce moment. Cette fois, il était bandé dur comme un cheval, il maintenait la pression de sa main sur la gorge et lui mordit un sein, lui arrachant de la chair au passage. Les larmes coulaient sur les joues de la petite, toutefois, elle ne se plaignait pas. Elle acceptait. Il s'enfonça en elle durement, sa verge ne glissait pas, elle forçait le chemin. Elle avait l'impression que des aiguilles de feu la transperçaient.

Il lui foutait baffes sur baffes, le sang coulait des ecchymoses se formaient sur le visage de Rayn. Il la fit se retourner pour la mettre à genou, sans détendre la pression de sa main dans son cou. Il la défonçait sans ralentir, avant de lui cracher dans l'anus et de l'empaler d'un coup. Elle suffoquait et s'étouffait dans ses larmes. La douleur parcourait son corps en entier.

Elle finit par manquer d'air et perdre connaissance. Il s'arrêta dans son mouvement pour s'assurer qu'elle vivait encore, puis continua de la trouer. Dans une aspiration quelques minutes plus tard, elle reprit connaissance. Il était toujours en elle à la marteler. Cette fois-ci, elle se démena pour que ça s'arrête. Il la prit par les cheveux et lui fracassa le crâne sur une pierre au sol. Il la retourna vivement et, comme si un animal s'était emparé de lui, il ne voyait que le rouge du sang qu'il faisait couler. Elle s'évanouit une fois de plus et ça le fit jouir en elle. Il se releva en crachant sur elle, se nettoya et se rhabilla.

La pauvre n'en avait plus pour longtemps. Ses lèvres charnues, abîmées, étaient d'une exquise teinte violette. Il passa alors ses doigts sur celles-ci. Un frisson le parcourra en entier. Il avait défait les liens de l'inconsciente pour en abuser une dernière fois. Son corps froid lui rappela la première dépouille qui l'avait excitée à ce point, quand il était adolescent.

Il l'avait laissé au centre de la clairière, en offrande aux urubus et coyotes affamés pour que le cycle de la vie suive son cours.

— Dors bien, petite, dit-il solennellement en quittant la forêt.

La nuit tirait à sa fin, il avait eu juste le temps de se rendre à la petite coccinelle jaune de la jeune femme et de la faire partir rapidement. Il avait pris les clés dans la poche de jeans de Rayn. Il avait roulé sur les routes provinciales, faisant le tour de son lopin de terre. Il s'était rendu du côté sud de la forêt et avait pris le minuscule sentier mal entretenu qui se rendait au petit lac, juste assez profond pour y couler la coccinelle. Il avait pris soin de prendre son sac à main, afin de faire disparaître ses papiers d'identification. En dix minutes, plus aucune trace du véhicule et il avait repris sa marche pour retourner près du corps pour voir si elle était toujours en vie.

Son cœur battait toujours, faiblement, mais elle n'avait pas repris connaissance, alors qu'il la raccrocha à l'arbre. Elle n'avait pas repris connaissance quand il avait coupé sa cavité vaginale de son couteau ni lorsqu'il lui avait charcuté l'abdomen, les cuisses et les bras, afin de faire couler son sang. Elle n'avait pas repris connaissance quand un grand oiseau charognard s'était approché pour goûter aux lambeaux de chair pendant de son corps détruit. Le dernier coup porté, celui avec la pierre l'avait achevé, un hématome géant dans son cerveau s'était développé, causant un œdème et des lésions irréversibles.

Elle avait succombé aux ravages des rapaces avant que le soleil ne brille dans la clairière.

Il avait rangé le sac à main de la fille dans un bac de rangement avant de retourner sur le lieu de sépulture, quelques jours après, peut-être une semaine, il s'était masturbé sur la dépouille de Rayn Sinclair une dernière fois, malgré les parties de chairs arrachées par les animaux, les trous dans ses orbites, les os de sa cage thoracique apparents. Il avait recouvert la dépouille de lichens et de fougères qu'il avait cueillis dans la forêt. L'hiver approchant avait fait son œuvre, si bien qu'au printemps, elle était dissipée, les restes ne paraissaient plus, il n'y avait plus de trace de la journaliste à l'exception d'ossements qu'il avait dispersés ici et là.

Et il avait rangé le sac à main de la fille dans un bac de rangement opaque, sur une haute tablette dans le garage.

CHAPITRE

2002 — Myriam Blanchard (Été)

C'était un matin chaud de juin. La belle température avait enfin commencé et les rayons du soleil qui se levait, chatoyait sur le pare-brise de la vieille camionnette. Il avait descendu les vitres et de loin, il entendait le sifflement des oiseaux carnassiers qui regagnaient leurs nids pour la journée.

La route était déserte de si bon matin, il n'y avait que la vieille camionnette qui roulait lentement. Il aimait prendre son temps lorsqu'il rentrait de la forêt, prendre un moment pour se remémorer chaque détail macabre, chacun des horribles gestes commis.

La radio jouait un succès d'un rockeur au cœur tendre qui faisait la reprise d'un autre grand nom de la musique québécoise. Ironiquement, les paroles résonnaient dans l'habitacle demandant ce que ça pouvait bien faire qu'il ne vive pas la vie de son père[3].

Il patienta à la seule lumière de signalisation du village pour tourner vers sa maison. Celle de sa mère, en fait. Il lui dirait qu'il avait dormi dans le bois, à la belle étoile. Elle ne poserait pas plus de questions. Sa mère respectait ses limites.

Au deuxième panneau d'arrêt, il s'engagea dans une petite rue très calme avant de stationner la vieille camionnette sous l'abri, devant le garage, par lequel il était entré. Il se changea, laissant ses vêtements sales en boules dans la cuve, pour les faire tremper plus tard. Il s'était nettoyé grossièrement avant d'entrer par la porte communicante à la cuisine.

« Bonjour, mon chéri, tu as dormi dans le bois ? »

---

[3] Qu'est-ce que ça peut ben faire, paroles de Jean-Pierre Ferland. Chanté par Éric Lapointe.

Sa mère l'avait accueilli dans la cuisine d'un grand sourire et d'un bon café. Ce matin-là, il avait acquiescé en silence et s'était mis à déguster le déjeuner fait avec amour. Elle était allée porter une pacotille dans le garage et avait vu les vêtements souillés en boule dans la cuve, elle avait alors demandé :

— Ruth chéri, veux-tu que je m'occupe de tes vêtements dans la cuve avant que les taches ne deviennent définitives ?

Le fils s'était levé d'un bond, il ne voulait surtout pas que sa mère se retrouve avec du sang sur les mains.

— Non, merci. Je vais m'en occuper moi-même. Ne reste pas ici, c'est sale et humide, ce n'est pas bon pour toi. Monte maintenant.

Il avait conduit sa mère à l'intérieur de la maison, fermant la porte bruyamment. C'était moins une. Dans la cuisine, les rayons chauds du soleil matinal annonçaient une journée caniculaire.

Juste avant de quitter la maison pour se rendre au travail, il avait rangé le petit sac à main de Myriam dans le bac de rangement, dans le garage. Il se remémorait sa rencontre de la veille, une touriste solitaire était malheureusement tombée dans ses griffes tortionnaires.

Myriam, une proie facile dont il s'était lassé rapidement. Une fausse rousse un peu rondouillette aux yeux d'ange. Elle avait beaucoup pleuré, sans se défendre vraiment. Son trait d'*eyeliner* et son mascara avaient coulé sur ses joues rebondies. Elle attendait que son heure sonne, sans se battre.

Il l'avait d'abord suspendue à la branche du peuplier par le cou. Il l'avait déshabillée et avait ensuite lié ses mains pour l'empêcher de se défaire de la corde. Avec son couteau, il lui avait tracé la forme des mamelons de la jeune femme, ces derniers pendaient presque. Il la pilonna avec force alors qu'elle suppliait d'arrêter. Il l'avait détaché violemment, elle était tombée sur les genoux. Sans lui laisser une seconde, Ruth avait empoigné ses liens aux poignets pour lui faire passer par-dessus la tête. Il s'arrêta quand il entendit les os de ses épaules se briser. Le hurlement de la jeune femme réveilla les animaux qui se mirent à s'agiter dans la forêt. Il avait relâché sa poigne maintenant qu'elle savait qu'elle ne pouvait plus bouger ses bras. Il la sodomisa en lui crachant dessus et en la forçant à tenir sa tête par en arrière en tirant ses cheveux.

Elle avait fini par perdre connaissance tant la douleur lui était insupportable. Il avait fini de la souiller puis l'avait raccroché sur la grosse branche. Avec son couteau, il avait fini de la taillader pour attirer la vermine.

Il était somme toute déçu de cette chasse. Il n'aimait pas quand c'était facile. Il avait laissé le corps de la jeune femme dans la clairière, à la merci des animaux. Il y retournerait le lendemain, la recouvrir de lichens et de fougères, pour accélérer la putréfaction. Bientôt, elle serait dissipée, les restes ne paraîtraient plus, il n'y aurait plus de trace de la rouquine à l'exception d'ossements qu'il allait disperser ici et là.

La température lui rappelait Caroline, la première femme avec qui il avait laissé sortir ses sombres pulsions. Depuis, il avait fait visiter la forêt à cinq reprises déjà, des femmes de différents âges, différents milieux. Il était très organisé, il prenait soin de toujours choisir des femmes de l'extérieur, qui ne connaissaient pas le village ou les alentours, qui n'avaient aucun lien avec Calme Forêt. Caroline, sa toute première, Anne, Christine, Rayn, Suzie et Myriam, qui était la dernière en liste.

Il frappait environ tous les deux ans, pour permettre aux corps de se décomposer entièrement dans la clairière et les bois avoisinants et ainsi de ne pas éveiller de soupçons. Il les amenait toutes dans la forêt sauvage, qu'il connaissait par cœur. C'était presque toujours à la clairière qu'il se soulageait de ses pulsions. Il ne tuait pas ses proies, il laissait la nature s'en charger.

Sauf Caroline.

C'était avec elle qu'il était allé jusqu'au bout. Il n'avait que vingt ans, il était terriblement nerveux et avait fait tout un tas d'erreurs de débutant. Grâce à sa belle Caroline, il avait grandi, maturé, et était devenu beaucoup plus organisé. Avec elle, il avait appris qu'il n'aimait pas tuer. Il aimait torturer. Faire mal. La nature puissante reprenait ses droits sur les corps qu'il lui offrait, afin que toute cette violence prenne un sens dans le cycle de la vie.

1992 — Il y a 11 ans… Caroline Hamel (Été)

Durant la longue fin de semaine de la fête du pays, la belle Caroline, deux fois l'âge du garçon, avait été séduite par le jeune homme excessivement timide qui trébuchait, rien qu'en la regardant. Il était tellement gêné qu'il n'arrivait pas à parler en sa présence.

Elle avait un contrat de chant à l'aréna, pour trois soirs seulement :

« *Carolynn Sings Dolly* ».

Écrit de cette façon qui donnait l'illusion d'une grande chanteuse américaine et pourtant, elle n'était qu'une petite fille de Saint-Augustin sur la côte Nord, petite bourgade de moins de neuf cents âmes.

Il s'occupait de nettoyer la salle après chaque concert, de veiller à ce que la loge de la dame soit toujours prête et il vérifiait le matériel pour les concerts. Elle l'avait remarqué rapidement ; un homme, presque encore un adolescent, grand et fort, les cheveux blond foncé en bataille. Il avait de beaux yeux pâles, pour les rares fois où il avait levé les yeux pour la regarder, qui la faisaient craquer.

Inspirée par un tube radio de l'heure d'un jeune chanteur charismatique, elle voulait qu'il se donne. Elle voulait être sa femme d'expérience[4]. Le dernier soir de spectacle, c'était une nuit chaude d'été, elle lui avait demandé de venir la rejoindre à sa caravane, il y avait un souci avec un

---

[4] Quand on se donne, Francis Martin 1992.

luminaire. Elle avait utilisé comme prétexte qu'elle avait besoin du jeune pour une réparation mineure dans sa petite demeure, avant de quitter le village, pour toujours… Elle était tellement théâtrale. Sans dire un mot, il s'était présenté ce soir-là, devant l'auto-caravane de Caroline, les mains dans les poches et la casquette enfoncée sur la tête. Il avait longuement marché avant de se décider à y aller. Elle lui ouvrit, portant une toute petite camisole rouge et un petit *leggings* qui ne laissait guère place à l'imagination. Ses cheveux blond platine lui descendaient dans le dos. Il avait presque eu un malaise en la voyant, ses joues s'étaient empourprées aussitôt et le pauvre ne savait plus où regarder.

— J'ai un petit vin au froid, tu m'accompagnerais pour un verre avant de… réparer… ce qui… ce qu'il y a à réparer ! avait-elle demandé candidement.

Il n'avait même pas eu le temps de répondre qu'elle se pencha dramatiquement pour bien mettre son arrière-train à la vue du garçon. Elle savait y faire, ce n'était pas là son premier rodéo. Elle parlait et parlait encore, elle meublait tous les silences, ce qui arrangeait bien Ruth.

Elle s'était avancée, d'un mouvement suave, vers le jeune adulte et posa ses mains sur les cuisses du petit. Il tremblait tellement il était gêné et mal à l'aise. Il se sentait lourdaud, ne savait pas comment réagir, ni quoi dire, ni quoi faire. Caroline lui souriait en mordant sa lèvre inférieure. Ruth était paralysé par toute cette attention, ces nouvelles sensations. Il commença à sentir un frisson dans son bas-ventre. Elle s'était avancée doucement pour l'embrasser dans le cou, sur la nuque… Elle colla alors ses lèvres contre celles du jeune homme. Il lui rendit son baiser lentement. Elle en avait profité pour glisser sa main sur son membre dur et le caressa sur ses pantalons. Il était vierge et ne voulait pas le laisser savoir. Elle avait entrepris de défaire son pantalon, empoigna fermement la queue du puceau. Elle avait léché la goutte séminale qui chatouillait son gland. À peine l'avait-elle prise au complet dans sa bouche faisant glisser sa langue sur son membre, qu'il lui éjacula dans la bouche. Elle rit doucement.

— La prochaine fois, avertis-moi !

« Il y aurait donc une prochaine fois », pensa-t-il.

Elle s'était levée d'un bond, roulant des hanches sensuellement, elle s'éventa de ses mains en se penchant en avant pour mettre sa poitrine bien en évidence et proposa d'aller marcher pour se refroidir dans la nuit. Elle lui avait pris la main en le traînant doucement dehors.

Ils avaient longé la rivière qui séparait le Nord du Sud de Calme Forêt en buvant le vin à même la bouteille. Il était éméché et bientôt ses inhibitions tombèrent. Elle parlait et parlait toujours autant. Elle lui tenait la main, le touchait, le caressait. Le frisson le fit durcir rapidement.

Il essaya de l'attirer maladroitement vers son terrain, pour l'amener à la clairière, sans toutefois arriver à ses fins. Il se résolut à lui parler.

— Viens, j'vais te montrer quelque chose de beau, avait-il dit en l'attirant dans la forêt.

Il savait exactement où il était par rapport à la forêt, il l'avait guidé vers son lopin de terre, ce serait plus facile.

Un plan imprécis se dessinait dans son esprit, un plan tordu qui le faisait bander encore plus.

— Tu es sûr que tu t'es pas perdu, Baby ?

Pour toute réponse, il lui avait serré la main et lui avait souri. Elle n'avait pas remarqué l'étincelle qui brillait dans les yeux de Ruth, étant donné l'alcool qu'elle avait ingéré. Ils avaient enfin débouché sur la clairière, le ciel s'ouvrait sous leurs yeux et il lui leva le menton pour lui offrir les étoiles. Elle était comme hypnotisée par cette vue majestueuse.

Elle avait entrepris de faire un *striptease* au garçon dont les joues s'empourpraient de malaise. Au bout de quelques minutes, une belle érection prônait devant elle. Elle coucha Ruth sur le dos, le flatta, le cajola avant de l'enfourcher comme une cowgirl au rodéo. Elle inséra sa verge dans sa caverne humide et chaude, il se mordait les lèvres. La douce sensation de frottement de ventre à ventre, du corps à corps, des va-et-vient.

— Je… Je… Je vais… jouiiir, avait-il murmuré, haletant.

Ruth Herman Michaud venait de perdre sa virginité, dans la clairière où il avait souvent accompagné son père, là où il l'avait trouvé. Il pensa qu'il était devenu un homme cette fois et que le vieux ne pourrait plus l'atteindre maintenant.

Elle resta au-dessus de lui, guidant ses doigts à l'intérieur de sa vulve, trouvant son clitoris, la faisant gémir. Il ne savait pas trop quoi faire, il n'aimait pas l'humidité, la liquidité sur ses doigts. La sensation le dérangeait, mais il n'osa pas parler, se laissant guider par cette femme d'expérience. Il s'imagina comme il aimerait la toucher si elle était sèche, froide. Si elle ne bougeait pas autant, si elle était aussi paisible que…

Que la femme du funérarium, il y avait deux ans de cela. Il se raidit aussitôt, il fantasmait sur le corps de Caroline, froid, silencieux, calme. Elle n'avait pas vu la lueur de violence s'allumer dans les yeux de Ruth, elle sentit bien qu'il était prêt pour un autre tour et se retourna pour qu'il puisse la prendre par-derrière en gémissant. Elle lui offrait son derrière en ondulant.

Il s'était levé et il avait repéré des lianes de vignes juste à côté de la bouteille de vin laissée un peu plus loin. Il s'écarta quelques instants alors qu'elle se touchait, se lamentait en attendant cette queue qui la perforait. Il se saisit des vignes et bricola à l'arrache un genre de corde assez solide pour faire des liens.

Il avait repris sa place derrière elle, il lui avait agrippé les fesses pour se donner consistance. En un instant, l'adolescent timide, inexpérimenté, devint un prédateur sans vergogne. Tout s'était passé tellement rapidement par la suite. Il lui avait passé les lianes autour du cou et avait tiré de toutes ses forces, elle avait essayé de se déprendre, mais sans succès. Elle se défendait sans le pouvoir vraiment, et la sensation de puissance que cela procurait à Ruth l'excita plus que tout ce qu'il avait vécu. Alors qu'il lui donna un coup de bassin sans lâcher prise sur les lianes, elle avait perdu connaissance, son corps était devenu mou. Il lui éjacula une troisième fois dans la raie des fesses.

Il avait continué de serrer son cou avec la corde artisanale ne sachant pas quand s'arrêter. Il l'avait vu changer de couleur, sa peau se grisa lentement et, quand il desserra son emprise pour l'attacher à un arbre avant de l'entailler pour attirer la racaille, il se rendit compte qu'elle était bleue. Ses lèvres n'étaient plus chaudes. Il avait tué Caroline. Il s'était alors mis à paniquer. Qu'allait-il faire du corps, qu'allait-il faire de la caravane ? Il devait la faire disparaître cette nuit sans faute.

Le jeune homme s'était arrêté un instant dans sa hâte. Le corps de cette femme qui commençait à se raidir, sa teinte qui se grisait, il regardait la mort prendre ses droits sur elle. Il la trouvait magnifique, plus belle que la femme du salon mortuaire encore, car il l'avait possédée. Il avait caressé chaque parcelle de ce corps, avec toute la douceur du monde.

Il avait cassé la bouteille de vin laissée en plan, avant de la taillader grossièrement pour que son sang attire les charognards, puis s'était habillé en vitesse, la laissant en plein milieu de la clairière. Comme guidé par son for intérieur, il savait que faire couler le sang attirerait les animaux, c'était comme encré en lui, sans savoir d'où il savait ça.

Il avait ensuite couru dans la forêt dense qu'il connaissait par cœur. Il s'était rendu à la caravane, s'était assuré que personne ne le remarquait avant de mettre le contact au moteur et de dévaler la route qui menait au Nord. Il ne savait pas où aller, il était paniqué. Quelle erreur, il avait laissé des empreintes partout dans le véhicule quand il était venu « réparer » quelque chose. Il devait détruire le maudit van.

Il savait qu'il y avait un terrain vague contaminé où il était interdit de passer. Il savait comment y aller et par où passer pour ne pas se faire prendre pour y laisser le véhicule. Il nettoya le plus rapidement possible les surfaces incriminantes, puis quitta la scène, en fourrant la bourse de la femme dans son sac à dos.

Il était rentré en stop jusqu'à son domicile. Un villageois, ancien collègue de son père à l'usine, qui rentrait de son quart de travail l'avait pris, il avait été chanceux. Il était rentré à l'aube, alors que le soleil pointa ses premiers rayons sur le village calme.

Il était retourné sur le lieu de sépulture, quelques jours après, peut-être une semaine. Il s'était masturbé sur la dépouille de Caroline Hamel une dernière fois, malgré les parties de chairs arrachées par les animaux, les trous de ses orbites et les os de sa cage thoracique apparents. Il avait recouvert la dépouille d'herbes et de plantes qu'il avait cueillies dans la forêt.

À l'automne, elle était dissipée, les restes ne paraissaient plus, il n'y avait plus de trace de la chanteuse à l'exception d'ossements qu'il avait dispersés ici et là.

Ce n'est qu'au printemps suivant que la caravane avait été retrouvée. Personne ne l'avait réclamé et elle était maintenant à la casse. On n'avait jamais su à qui elle appartenait ou d'où elle venait.

CHAPITRE

2003 — Ellie Fortin (Printemps)

Contrairement à son habitude, ce matin-là, Ruth était rentrée un peu plus tard après sa nuit sous les étoiles. Il avait dû faire une partie de cache-cache malgré lui.

« Bonjour, mon chéri, tu as dormi dans le bois ? »

Souriante, elle lui avait tendu une tasse de café bien frais. Il avait pris place comme à l'accoutumée sur la chaise face à la cuisine, mais ce matin-là, il était ébouriffé, il portait les mêmes vêtements que la veille, qui revêtait maintenant des taches inhabituelles. Il était déconnecté, plus que la normale. Son sourire avait vite fait de disparaître. Inquiète, elle demanda :

— Mon chéri, tout va bien ? Ton nez ? Tu t'es cogné ?

— Oui, Rose. Tout va bien, avait-il répondu d'un trait sans émotion, sans caractère.

Sa mère sut immédiatement qu'il y avait un souci. Ce n'était pas qu'il l'avait appelée par son prénom, il le faisait depuis longtemps déjà. Il ne comprenait pas pourquoi il aurait dû l'appeler « maman » alors qu'elle avait déjà un prénom. C'était autre chose. Il ne répondait que rarement à ses questions, et surtout, jamais aussi machinalement. Il avait appris cette phrase en prévision d'avoir cette conversation. Elle s'inquiétait. Dans quel bourbier son petit avait-il pu se mettre les pieds ?

— Ruthie, tu sais que je suis là pour toi, tu peux tout me dire… avait-elle essayé de lui ouvrir une porte.

— Rose. Tout va bien.

Elle n'insista plus.

Il avait fini son repas, avait rangé sa vaisselle et avait disparu dans le garage. Une fois seul, le trentenaire faisait les cent pas, il était dans une colère noire.

La veille, à l'aréna, il avait croisé le chemin d'une fille de passage, qui devait se rendre à Mont Sauvage le lendemain. Une belle mystérieuse aux cheveux d'ébène et au regard transperçant. Elle avait loué une petite chambre au motel adjacent au Montagnais, elle était venue en autocar depuis la Métropole.

Elle s'était rendue à l'aréna sous les conseils de Mario, l'entraîneur de hockey du village, qui traînait souvent au Montagnais. Il était accoudé au comptoir à quelques sièges de la fille et il lui disait que cette soirée-là, c'était le match final entre Calme Forêt, vainqueurs incontestés de la région, et Notre-Dame-De-Pontmain, un village reculé, à une cinquantaine de kilomètres de là.

— Faut que tu viennes voir les jeunes, sont bons en pas pour rire…

Visiblement éméché et heureux, il restait un gentil monsieur attendrissant. Elle avait fini par y aller et était arrivée en milieu de deuxième période. Le *coach* ne l'avait pas remarquée, visiblement trop impliqué auprès des joueurs. Il y mettait tout son vouloir.

Elle s'était laissé envahir par l'énergie de la finale et avait applaudi à chaque but, avait hué à chaque faute. La fin du match arriva, l'équipe invaincue célébrait avec grand bruit dans l'aréna où la fête battait son plein. Elle avait suivi la foule jusqu'au bar, avant de réaliser qu'elle avait laissé son sac là-bas.

Au moment où les villageois festoyaient, Ruth était resté à l'aréna pour commencer rapidement son entretien. Soudainement, un tambourinement de coup sur les portes vitrées s'était fait entendre et l'avait tiré de ses pensées. Il s'était présenté à l'avant de la bâtisse, surpris de voir une jolie jeune fille. Elle s'était attendue à un soixantenaire, au crâne dégarni, un peu comme le concierge de la polyvalente d'où elle s'était fait renvoyer quelques années plus tôt, qui lui ouvrirait la porte. Elle fut surprise de voir que c'était un homme, plutôt mignon, d'une petite trentaine d'années qui se présenta.

— Je m'excuse, j'ai laissé mon sac dans l'estrade, est-ce que je peux aller le chercher ?

Pour toute réponse, il avait déverrouillé la porte et la laissa entrer. Elle le remercia chaudement et il prit le chemin des bancs.

— Là ! Il est là ! s'était-elle écriée en courant vers ledit sac à main.

Il l'avait lorgné de haut en bas. Elle lui souriait franchement, avec chaleur. La belle avait les cheveux noirs coupés au carré, une jolie frange lui encadrait le visage et lui donnait un air de gamine. Elle avait les yeux couleur miel ambré. Elle dégageait quelque chose de différent, elle n'était pas comme les autres passantes. Sans savoir exactement ce qui le fascinait chez elle, il la détailla encore sans mettre le doigt dessus.

— Tu fêtes pas avec les autres ?

Il avait fait un signe de tête négatif en jetant des petits regards furtifs vers l'étrangère. Il ne l'avait jamais vu dans les parages. Intéressant.

— Finis-tu ben tard ? avait-elle insisté.

Il avait haussé les épaules en guise de réponse. Sa timidité prenait le dessus.

— C'est cool ça, on pourrait aller prendre un verre, si ça te tente ?

Il s'était approché encore un peu, délibérément, il avait accepté l'invitation de la belle rebelle qui ne semblait pas avoir froid aux yeux. Elle avait baissé les yeux, sourire aux lèvres et rose aux joues. Il lui semblait être quelqu'un de bon, son sixième sens n'avait pas sonné.

— Je dois passer à ma chambre avant, je veux prendre une veste. On se rejoint en face du p'tit bar dans quinze minutes ?

Il avait répondu, faiblement en bégayant, que c'était trop bruyant.

— On se rejoint là, pis on verra après… Ça te va ça ?

Il hocha de la tête en lui tenant la porte avant de verrouiller derrière elle. Son instinct de prédateur venait de se réveiller, dans ses yeux, une lueur sombre brillait maintenant. Il était si près de la fille, qu'il renifla discrètement son parfum floral, en lui souriant gentiment. Elle avait répondu avec le même sourire en mordant sa lèvre inférieure. Elle savait jouer cette petite, il aimait ça. Elle n'avait aucune idée de la férocité de ce nouveau partenaire.

— Ellie, je m'appelle Ellie Fortin.

Elle lui tendit la main, candidement.

— Ruth.

— C'est pas un nom de fille, ça ? avait-elle demandé moqueuse.

— C'est le nom du plus grand joueur de baseball du monde. Un des frappeurs les plus efficaces de l'histoire…

C'était là, la plus longue phrase qu'il avait à prononcer. Il sourit timidement et elle était séduite.

« Petite biche facile. » pensa-t-il.

Elle quitta rapidement le bâtiment sportif pour rejoindre sa chambre, elle avait mis quelques utilités dans son sac en bandoulière. Avec ses converses et ses jeans roulés, elle avait fière allure. Une jolie fille, tombée dans les filets d'un sociopathe.

Le trentenaire, timide, passa à la supérette et n'arrivait pas à se décider devant les choix de boissons offertes.

— Ça va mon Ruth, tu vas-tu être correct ? avait demandé le commis de service, sourire en coin.

Tout le monde au village connaissait l'homme un peu bizarre, qui ne parlait pas et surtout, qui achetait de l'alcool une fois par jamais. C'était presque comique de le voir chercher dans le comptoir réfrigéré.

Ruth lui avait répondu d'un signe de main avant de prendre un paquet de six canettes, en espérant que ce serait suffisant. Il régla la facture, vérifia que son « sac d'équipement » soit prêt et il partit rejoindre la belle.

Son malaise disparut peu de temps après qu'Ellie eu monté dans la camionnette, se laissant conduire jusqu'au seuil de la forêt sauvage. Elle resta sceptique que les étoiles se cachaient dans cette densité verte. Il la savait plus jeune que lui, début vingtaine peut-être, pas plus de vingt-trois ans. Malgré son sourire enjôleur, il voyait dans ses yeux un passé. Quelque chose de différent que les bimbos qui avaient croisé son passage.

Il lui avait pris la main et l'avait guidé jusqu'à la clairière. Ils avaient marché une quinzaine de minutes avant d'aboutir dans cet espace d'environ quinze mètres de diamètre où le ciel dévoilait ses secrets bien gardés. Comme les autres avant elle, Ellie avait été estomaquée de la vue majestueuse qui se présentait à elle.

Elle s'était assise dans l'herbe fraîche alors qu'il la rejoignait. L'odeur des bourgeons qui fleurissaient, la nuit étoilée, elle était charmée. Pourtant, lui la regardait comme un prédateur qui regarde sa proie, elle sentait son lourd regard braqué sur elle. Vivement, elle se retourna pour lui faire face, il avait quelque chose de changé. Le fond de ses yeux n'était plus le même et cette fois, son sixième sens s'alarma.

— Faudrait vraiment être malade pour amener une inconnue dans le bois, pour regarder les étoiles, c'est presque le début d'un livre d'horreur, tu trouves pas ?

Il ne répondit pas, la lueur dans ses yeux brillait plus intensément et elle comprit qu'elle devait fuir. Maintenant. Elle se leva rapidement, embarqua son sac sur son épaule et commença à marcher vers la forêt, d'où ils étaient arrivés.

— Tu oublies ton *drink*, petite.

— Garde-le, j'en ai plus envie. Je vais rentrer, j'ai une grosse journée demain, je dois me lever tôt. C'était vraiment très beau, merci !

— Viens donc prendre un verre, je te ramène tout de suite après. Pas de souci.

La voix du Ruth était gutturale, on aurait dit un animal qui grognait.

— De toute façon, tu ne sortiras jamais du bois sans moi, c'est trop dense pis tu connais pas le coin. Aweille, viens.

C'était un ordre. Elle connaissait ce genre d'ordres, elle savait ce qui l'attendait si elle n'obéissait pas ou encore, si elle obéissait.

Ellie ne craignait pas de se défendre ou de tuer, n'avait pas peur de se venger, n'avait pas peur de la mort. À l'instar des précédentes victimes de la clairière, il ne lui faisait pas peur. Et ça, ça le déstabilisait.

— Détends-toi, y va rien t'arriver de grave là.

Le fait déjà qu'il mentionne qu'il n'arriverait rien de ***grave*** était annonciateur qu'il allait bel et bien se passer quelque chose. Elle restait toujours face à lui, ne le quittait pas des yeux. Elle se déplaçait en fonction de lui, il n'allait pas avoir l'opportunité qu'elle perde son attention quelques secondes, ce qui pourrait lui être fatal.

— Je suis vraiment fatiguée, j'aimerais beaucoup rentrer maintenant…

— OK, pas d'trouble. Suis-moi.

Il s'était alors mis en marche et une fois bien entré dans la forêt, il accéléra le pas. Il courait presque, il voulait la semer pour la surprendre par-derrière. Il réussit à en venir à bout après une dizaine de minutes à la faire tourner en rond. Il la savait perdue, le reste serait facile, pensa-t-il.

Elle était perdue en effet, elle ne le voyait plus, ne l'entendait plus, seulement le bruit de la forêt, les craquements dans les arbres, le vent. Elle se concentrait sur les sons qui pourraient être des pas de l'homme et soudainement, bien que le battement de son cœur cognait fort dans ses oreilles, elle entendit un bruit se rapprocher. Elle respira pour se concentrer sur ce bruit pour l'éviter, elle savait que c'était lui.

Elle était la proie, il était le prédateur.

Il était derrière elle, à distance de bras. Il la regardait se concentrer sur les bruits, ça l'amusait. Pauvre Ellie, si au moins elle avait une chance. Il était chez lui, sur son terrain, la nuit qui plus est. Elle n'avait aucune chance.

Elle s'était retournée vivement en lui assénant un coup de coude en plein visage avant de se mettre à courir. La direction ne l'importait peu, tant qu'elle s'en éloignait… Elle l'avait entendu approcher, elle l'avait entendu épier ses mouvements, elle se savait regardée.

Sous la surprise, il s'était alors penché par en avant, la douleur dans son nez était si vive qu'il lâcha un sacre bien senti… Dans sa bouche un goût de fer déferla, la chienne l'avait fait saigner et maintenant sa veste était tachée. Il allait devoir la frotter avant que Rose ne tombe dessus.

Il bandait ferme de jouer à ce petit jeu de chasse. Elle savait relever la sauce, cette petite. Corde à la main, il partit dans la direction que la fille avait prise, ce ne fut pas très long avant qu'il ne la repère, elle était près du lac maintenant. Il s'avança rapidement vers Ellie et d'un geste précis et rapide, il passa la corde autour son cou mince cou. Il la traîna dans les bois, pendue au bout de la corde.

Arrivés à la clairière, elle avait le dos ensanglanté, coupé par les roches et les racines de la forêt. Il la leva de terre pour la suspendre à la grosse branche du peuplier, elle ne touchait terre que du bout de ses orteils. Au moindre faux mouvement, elle pouvait y laisser sa peau. Il se pencha pour ramasser une branche de bonne grosseur et lui remit son coup porté au visage, elle saignait aussi maintenant. Il se sentit devenir dur, la voir comme ça, vulnérable l'excitait beaucoup. Il lécha le sang sur son menton, enfonça sa langue grasse dans la bouche de la jeune femme qui résistait du mieux qu'elle le pouvait.

Lentement, faisant durer son plaisir, il lui noua les poignets au-dessus de sa tête, attachés à la corde de son cou. Il avait découpé ses vêtements avec son couteau de chasse, libérant son corps et sa peau. Elle sentait la peur, il prenait plaisir à la voir se tortiller au bout de sa corde. Une fois ses pantalons retirés, l'ordure s'approcha d'elle et lui souleva les jambes pour les appuyer sur ses hanches et la pénétra de force. Elle avait cessé de se débattre et le fixait maintenant directement dans les yeux. Il détournait le regard en essayant de se concentrer sur la vulnérabilité de la fille. Il la pénétra brutalement et elle continua de le laisser faire. Il finit par perdre son érection, elle était trop calme, elle ne le craignait pas, elle acceptait en silence. Il se retira en sacrant, il reprit la branche avec laquelle il l'avait frappée et cette fois, il l'insérait à l'intérieur de sa chatte, éraflant toutes les chairs délicates de son intérieur. Au fur et à mesure qu'il labourait son vagin, la branche prenait une couleur rougeâtre.

Elle hurlait cette fois, il paiera cher cet enfoiré. Son sourire démentiel brillait dans le noir, elle en avait des haut-le-cœur. Avec son couteau de chasse, il lacéra sa peau sans arrêter les va-et-vient de la branche. À bout de force, elle ferma les yeux, elle allait feindre d'être inconsciente. Soit il ralentirait, soit il accélérerait, c'était un risque qu'elle était prête à prendre.

Elle avait vu juste, il avait ralenti puis il avait retiré la branche de son vagin meurtri, seulement pour mieux s'y réinsérer en la trouant sans arrêter. Il la mordit et arracha la peau de sa poitrine. L'intérieur d'Ellie brûlait de mille feux, c'était presque insoutenable. Il se retira et la fit pivoter pour pouvoir s'introduire dans son anus, avec le sang qui s'écoulait à l'intérieur de ses cuisses comme lubrifiant. Il la tenait avec fermeté, il était agrippé à elle. Bientôt, les giclures de sang, de fluide et d'excrément se mélangeaient sur le ventre de Ruth.

Alors qu'il se démenait sur elle, elle avait réussi à défaire un de ses liens ce qui lui libéra une main qu'elle garda relevée le temps de réfléchir à un plan. Les yeux toujours fermés, elle le sentit se retirer et s'éloigner, elle profita de ce moment pour défaire son autre poignet et enlever la corde qu'elle avait au cou. Elle se pencha sans bruit et fouilla dans son sac, un poing américain dans sa main gauche, un couteau rétractable dans l'autre, elle était prête à lui remettre la monnaie de sa pièce. Tranquillement, très lentement, elle recula dans la forêt sans faire un bruit… Il croyait avoir jeté son dévolu sur une proie facile, il s'était trompé. Elle avait dégagé quelque chose de différent, lors de leur rencontre, il savait maintenant qu'elle était aussi disjonctée que lui. C'était une guerrière.

Une partie d'elle voulait se cacher de lui jusqu'au lever du jour, retrouver son chemin, se rendre à la chambre, prendre ses affaires et disparaître. Pourtant, Ellie ne décamperait pas. Au contraire, elle le retrouverait, le suivrait pas à pas et lui ferait payer sa monstruosité. Nue dans la forêt, elle avait réussi à disparaître dans l'ombre.

Il s'était retourné vers le peuplier pour continuer ses abominations, elle n'y était plus. Ruth était maintenant en alerte, elle s'était défaite de ses liens et s'était enfuie. Cette petite garce se terrait dans SON bois, sur SON terrain. Il était maître ici et il allait bien lui montrer une fois pour toutes. Il ne tuait pas ses proies, mais ce soir-là il allait faire une exception.

— COURS PETITE ! Cours toujours… tu vas mourir quand même ! lui avait-il crié dans le labyrinthe d'arbres et de conifères. Cours petite !

Il ne l'avait pas retrouvé, il avait fouillé le terrain toute la nuit, elle s'était dissipée dans la densité de la forêt. À ce moment précis, il savait qu'il avait fait une erreur, il sentait dans ses veines le pincement d'appréhension, semblable à un haut-le-cœur.

Il était la proie, elle était le prédateur.

Elle avait réussi à le semer. Il avait remarqué qu'elle était retournée à la clairière pour récupérer ce qui restait de ses vêtements. Comme si une décharge électrique le traversait, le bout de ses doigts qui commençaient à s'engourdir. Il devait quitter la forêt et retourner à la maison, il ne devait, en aucun temps, attirer l'attention ou changer ses habitudes. Il devait la jouer calme et être vigilant.

Cette garce allait le payer.

CHAPITRE

Émilie Fortin alias Ellie Fortin

Née Émilie Fortin, il y avait vingt ans. Elle était l'aînée de la fratrie Fortin et avait un petit frère de trois ans son cadet et une sœur, décédée il y avait dix ans. La pauvre, elle n'avait que quatre ans seulement. Une noyade accidentelle dans le bain. Officiellement.

Officieusement, c'était un accident certes, mais c'était son propre père qui en était responsable.

La mère de famille travaillait de longues heures à la laverie du quartier afin d'aider la famille à boucler les fins de mois. Un soir de juin, c'était le patriarche qui devait surveiller les plus jeunes alors qu'Émilie était partie garder chez une voisine. Elle n'avait que dix ans à l'époque et déjà, elle faisait preuve d'une grande maturité et s'était développé une petite clientèle pour garder les enfants du quartier, en plus de son frère et sa sœur.

Le paternel regardait le Canadien, comme une grosse partie de la population métropolitaine, remporter la coupe Stanley. Il avait laissé Noémie, la petite dernière dans le bain alors que Patrick Roy fit un clin d'œil à Tomas Sandstrom après avoir arrêté un tir de ce dernier.

Dans l'hystérie générale, il ne l'avait pas entendu éclabousser l'eau, il n'avait pas entendu sa toux récurrente. Il ne l'avait pas entendu essayer de demander de l'aide. C'est lorsqu'Émilie était rentrée, qu'elle l'avait trouvé, bleue, ses longs cheveux blonds flottant, immobile. La soirée d'anthologie s'était transformée en cauchemar pour la famille Fortin. L'émeute, qui rageait dans la ville, avait couvert le bruit de l'ambulance qui amenait le petit corps de Noémie à l'hôpital pour constater son décès.

La petite Émilie avait reçu une aide psychologique afin de passer à travers cette épreuve. À la suite du choc post-traumatique que les spécialistes lui avaient diagnostiqué, elle s'était créé un genre d'alter ego qui prenait place, quand la situation à laquelle elle était confrontée était trop stressante. Le subconscient de l'adolescente renvoyait un autre « soi » qui avait sa propre personnalité, distincte. C'était comme une version améliorée d'elle-même, plus assurée, plus confiante.

Peut-être trop.

La mort avait amené avec elle la noirceur dans la maison. Plus personne ne souriait, plus personne ne parlait de peur de faire éclater l'apocalypse. Les adultes étaient aussi tendus qu'une corde à linge. Petit à petit, plus personne ne parlait de la petite, si bien qu'après quelques années, il n'y avait plus aucune photo de la fillette dans la maison.

L'adolescence fut une période difficile pour la jeune fille troublée. Le frère du patriarche avait profité du drame pour se rapprocher en nourrissant de noirs desseins. Entre les mains baladeuses du vieil oncle, les reproches de sa mère, jalouse de sa jeunesse, et l'indifférence alcoolisée de son père, Émilie Fortin évoluait dans ce monde, tranquillement inadapté à son état, sans que personne ne voie à quel point elle s'enfonçait. Ses cheveux blonds étaient dorénavant noirs, coupés court, qu'elle gonflait. Sa frange lui traversait le visage et dissimulait un de ses yeux. Elle soulignait ses yeux de lourd trait de khôl noir et elle s'était percé la lèvre inférieure toute seule. Son alter ego, Ellie, avait le champ libre pour prendre toute la place dans l'esprit de l'adolescente.

Lorsqu'Émilie n'en pouvait plus, c'était Ellie qui prenait le relais et fonçait tête première dans les épreuves. L'alter était forte, bruyante, elle ne se laissait pas marcher sur les pieds. Ellie était déjantée, cruelle, violente. Émilie était discrète, renfermée. Elle s'écrasait dans l'adversité.

Peut-être trop.

Émilie et Ellie cohabitaient depuis un bout déjà quand cette dernière avait pris toute la place. Un évènement l'avait fait basculer et le retour d'Émilie semblait impossible.

Émilie était en quatrième secondaire, fréquentait la polyvalente du quartier comme toute ado. À l'école, en cette journée sombre, l'enseignant d'éducation physique voulait valider une babiole et l'avait retenue après le cours. Elle était allée se changer à la fin de l'intercours.

Elle était en sous-vêtements lorsqu'elle avait entendu une bande de garçons qui chahutait dans le vestiaire voisin et s'était dépêchée de s'habiller en silence pour ne surtout pas attirer l'attention.

Elle passa son chandail d'uniforme rapidement et avait entendu quelqu'un pleurer faiblement. Elle n'était pas certaine. Elle s'était approchée de la porte et avait entendu les brutes se moquer d'un plus jeune. Elle avait ouvert la porte très lentement, pour voir ce dont il en retournait.

Elle avait vu l'horreur.

Deux adolescents, en dernière année, un de première.

Un des plus vieux tenait le plus jeune, lui maintenant la bouche ouverte pour que l'autre y enfonce sa queue dégoûtante.

— T'aime ça, esti. Avoue donc.

— Pleurs.

— Envoye ma p'tite chienne, suce.

Le sang de la jeune fille ne fit qu'un tour, le pauvre petit. Il aurait pu être son frère. Toute la douleur qu'elle avait en elle remontait, lui rappelant sa petite sœur, qu'elle n'avait pas pu protéger. Elle devait lui venir en aide. Elle tremblait de colère.

Émilie s'était éteinte à ce moment précis.

Ellie, la guerrière, avait pris le contrôle de la lumière, s'était retournée vivement et avait attrapé des haltères qu'elle dissimula dans son sac avant d'ouvrir la porte du vestiaire brusquement, tenant son sac à dos fermement.

— Hey fille ! C'est le *locker* des gars ici, décalisse.

Elle continuait d'avancer vers les deux adolescents. Celui qui avait les pantalons aux genoux essayait de les remonter rapidement, l'autre avait lâché son emprise sur le jeune garçon. Il s'approchait rapidement de la jeune fille, l'air mauvais.

— Cours petit, va-t'en ! avait-elle dit.

Il avait l'intention de lui montrer qui commandait ici… Il n'en eut pas le temps. Elle lui asséna un coup de sac à dos, en plein visage. Le garçon tomba, mou comme une guenille. Du sang coulait le long de ses oreilles, de son nez et sa bouche. Il était pris de convulsions, les yeux révulsés, avec de violents spasmes.

— Criss, tu l'as tué ? T'es folle… T'ES FOLLE !

Il hurlait maintenant, reculant vers le mur. Elle souriait.

Boom !

Un autre coup porté, sur la tempe de l'adolescent. Il s'écroula, la terreur dans ses yeux laissa sa place au voile blanc de la mort. Il avait succombé sur le coup.

Elle avait rangé les haltères à leurs places, dans le gymnase.

Elle avait regardé le jeune étudiant qui était dans un coin du vestiaire, silencieux, tremblant, le pantalon mouillé. Elle lui fit signe de silence avec sa main avant de laisser une note au rouge à lèvres, sur les fronts des deux corps inanimés.

« Violeurs »

Elle avait essuyé le sang sur ses mains et avait quitté la salle sans demander son reste. Elle s'était rendue à son cours, comme si rien n'avait eu lieu. À seize heures, la cloche avait sonné, l'école était entièrement sous supervision policière, personne ne pouvait entrer ni sortir. Les rumeurs allaient vite, un meurtre aurait eu lieu dans l'enceinte de l'école ! Un tueur sanguinaire se promènerait, armé, dans la polyvalente.

La jeune victime des deux monstres avait formellement identifié Émilie Fortin comme étant celle qui avait commis les meurtres. Il était le seul témoin. Il fut emmené en ambulance par la suite.

Les corps avaient été sortis du bâtiment par le côté, pour éviter qu'il y ait trop de témoins.

— Émilie Fortin, vous êtes en état d'arrestation. Vous avez le droit de garder le silence. Si vous renoncez à ce droit, tout ce que vous direz pourra être et sera utilisé contre vous devant une cour de justice. Vos parents ont été informés et vous rejoindront au poste. Comprenez-vous vos droits ?

— Je m'appelle Ellie.

— Avez-vous compris vos droits ?

— Je m'appelle Ellie.

*****

Émilie avait été placée dans un institut de psychiatrie légale, étant donné l'ampleur du crime commis et de l'absence de remords de cette dernière. Elle avait été suivie par une armée de psychologues, de pédopsychiatres et de spécialistes en tous genres. Ses parents avaient choisi de taire l'histoire, un peu comme ils l'avaient fait lorsque leur fille Noémie était décédée. Ils ne venaient jamais la voir, se désistaient à la dernière minute des thérapies familiales programmées. Ils avaient refusé de participer au programme de réinsertion, n'avaient pas voulu la reprendre sous leur toit. Ils l'avaient abandonnée, elle aussi.

Émilie refusait catégoriquement de répondre à son prénom. Désormais, elle était Ellie. Celle qui ne craignait pas la mort puisqu'elle l'avait déjà affrontée.

Durant son incarcération, elle était bourrée de médicaments pour calmer son état, elle était léthargique la majorité du temps. Un peu avant sa majorité, le personnel soignant avait commencé à diminuer sa médication afin qu'elle puisse se réguler par elle-même à sa sortie. À dix-huit ans, elle a été placée dans une maison d'arrêt en périphérie de l'institut, un espace entre la détention et la liberté. Pour faciliter sa réinsertion, elle devait se trouver un emploi, se stabiliser et prouver qu'elle n'était plus un danger, ni pour autrui ni pour elle-même. Elle y est restée jusqu'à ses vingt ans, faisant de bons progrès selon les spécialistes et les responsables.

Jusqu'à ce qu'elle se sauve, un soir de printemps.

Elle rentrait du magasin d'alimentation où elle travaillait, remarquant une bande d'hommes qui tournaient autour d'une adolescente. Elle s'était approchée pour vérifier si tout allait bien et aperçut qu'un des hommes retenait la jeune fille par les bras, alors que les autres se frottaient les mains de contentement. Le sentiment d'avoir failli à protéger sa petite sœur la hantait toujours et encore une fois, un déclic se fit dans sa tête. Elle ramassa une brique brisée qui traînait sur le trottoir et l'avait placée dans son sac à main. Elle s'était approchée de la clique et sans dire un mot, elle avait frappé le premier. Il n'était pas mort sur le coup, mais il avait toute une entaille sur la tête.

Les autres, figés de surprise, ont délaissé la victime pour se diriger vers elle. Ellie avait frappé chacun des hommes, les quatre. Elle les avait assommés avec la brique dissimulée un par un. Une fois tous par terre, elle prit une grosse pierre au sol et leur avait fracassé la tête, un par un. Le sang coulait dans la ruelle et des gazouillements s'étouffaient dans la nuit. La pauvre victime s'était mise à courir pour trouver de l'aide. Elle venait de voir cette fille tuer ses quatre assaillants. Avant même qu'une âme charitable n'appelle les services d'urgence pour signaler l'agression, Ellie, elle, était déjà partie à la station d'autobus voyageur, avait pris le premier bus et avait décidé de refaire sa vie ailleurs. Elle ne manquerait à personne ici. Personne ne l'attendait de toute façon.

Quand elle avait rencontré Ruth, elle en était à son troisième village depuis le quadruple meurtre.

CHAPITRE

Retour à ce jour de 2003

Le sourire de sa mère avait disparu pour faire place à l'inquiétude.

— Mon chéri, tout va bien ? Ton nez ? Tu t'es cogné ?

— Oui, Rose. Tout va bien, avait-il répondu d'un trait sans émotion, sans caractère.

Elle n'insista plus.

Il avait rangé la vaisselle de son déjeuner et s'était rapidement enfermé dans le garage, à faire les cent pas. Il se remémorait la veille. Il cherchait la faille. Il cherchait ce qui avait pu échapper à sa vigilance pour qu'elle réussisse à se sauver et disparaître dans SA forêt.

L'heure avançait, il devait se rendre au boulot, ne pas attirer l'attention, ne pas changer ses habitudes. Il était monté dans sa camionnette et avait démarré sur les chapeaux de roue.

Il s'était dirigé vers le bâtiment des travaux publics pour entreprendre ses obligations. Il était disparate, nerveux, il regardait furtivement par-dessus son épaule fréquemment. Son front perlait de sueur alors, que la journée était fraîche en ce mois de mai. Son collègue Gérard se faisait du souci pour lui.

— Mon p'tit, es-tu malade ? Tu fais de la fièvre on dirait ? T'es encore plus bizarre que d'habitude.

Ruth avait répondu par un signe de main en s'éloignant rapidement. Il se sentait épié, il sentait qu'on le suivait, qu'on le traquait. Il eut la nausée et s'était mis à dégobiller près du terrain de baseball. En se relevant, la vue trouble, il crut un instant avoir vu la fille au bout du terrain qui se riait de lui. Il prit une longue inspiration, fermant les yeux, essayant de se convaincre que ce n'était que son imagination, qu'elle avait quitté la ville en car ce matin, sans demander son reste.

Quand il rouvrit les yeux, évidemment, il n'y avait personne.

Il avait vomi à quelques reprises dans sa journée, il était littéralement sur une autre planète à se faire un sang d'encre et en appréhendant tout genre de situation. À la fin de son quart, contrairement à son habitude, il était rentré tout de suite à la bâtisse municipale, remettre ses outils et l'avait quitté presque aussitôt.

« Va te reposer, mon garçon, t'es aussi blanc qu'un mort ! » lui avait lancé Gérard, alors qu'il montait dans sa camionnette.

Il avait roulé vers la forêt encore, avait laissé sa voiture en bordure du bois, il avait marché tout son terrain, il était allé au lac. Rien de suspicieux n'avait été remarqué par les villageois, personne ne parlait d'un quelconque incident. Ni les vêtements entaillés et souillés de la fille ni sa difficulté à marcher convenablement.

Alors, elle avait réussi à sortir de la forêt en toute indifférence, en dépit de son état ?

Ne sachant pas où la chercher, il remonta dans sa camionnette et longea la lisière de la forêt, en fit le tour et avait roulé sur le petit sentier qui menait au lac. Il ne distinguait rien de différent. Toujours le calme des urubus. Rien. Elle s'était volatilisée. La petite salope avait eu la peur de sa vie.

*****

Il s'était passé une semaine depuis qu'il avait perdu sa proie dans la forêt. Tous les matins avant de se rendre à son boulot, il faisait le détour vers son lopin de terre, sans succès. Le soir, il sillonnait les petits chemins de campagne sans résultats. Il se détendait tranquillement, se disant qu'elle devait avoir quitté le village sans demander son reste.

Il avait fait un tour au motel pour voir, mais personne ne semblait avoir vu la jeune femme. En fait, aucune chambre n'avait été prise au nom d'Ellie. Ce dernier point l'agaçait franchement, comme si elle n'avait pas existé. Pourtant il se souvenait de la nuit dans la forêt, de ses cris suppliants. Il n'avait certainement pas imaginé cette fille ! Au bout de plusieurs jours, il s'était convaincu qu'elle s'était volatilisée.

Le huitième soir, la nuit était tombée sur le village de Calme Forêt. Ruth venait de tourner dans l'entrée asphaltée et avait immobilisé sa camionnette sous l'abri, juste devant le garage adjacent à la maison.

Il fût surpris de trouver la résidence était dans le noir complet, ce qui n'annonçait rien de bon. Aucune lumière n'était allumée, comme s'il n'y avait personne. Il ne comprenait pas, ce n'était pourtant pas dans les habitudes de sa mère. Lorsqu'elle quittait la demeure, elle laissait au moins la lumière d'entrée allumée, celle au-dessus du four aussi. Il l'entendait dire de sa voix chantante :

« Entrer dans une maison noire est toujours un signe de mauvais augure. »

Elle avait compris il y a fort longtemps que les pires monstres, les plus menaçants, se tapissent dans le noir.

Il avait retrouvé un certain calme durant le voyage qui s'était envolé aussi vite que la peur était apparue. Il avait mis un certain temps à déverrouiller la porte d'entrée tant il était nerveux. Son cœur semblait vouloir lui sortir de la poitrine. Lorsqu'il réussit à ouvrir précipitamment, il avait été accueilli par l'obscurité silencieuse.

— Rose ? appela-t-il.

Rien. Le silence.

Il avait alors passé ses doigts sur l'interrupteur pour ouvrir la lumière. Il avait senti que le plastique était recouvert d'une substance qu'il n'arrivait pas à identifier sur le coup. La lumière l'éblouit et il comprit que ce qu'il touchait, c'était du sang. Il y avait de l'hémoglobine un peu partout dans le salon, dans la cuisine. Il y retrouva même un couteau de cuisine souillé.

— ROSE ? criait-il cette fois.

Une feuille de papier qui traînait sur la table attira l'attention de l'homme paniqué.

« Tu m'avais oublié ?
Espèce de monstre… Je vais te battre à ton jeu.
J'ai ta petite maman, une femme fort aimable.
Je te souhaite qu'elle y soit encore. »

La garce !

Il faisait les cent pas dans la maison, il n'avait jamais été confronté à ce genre de situation. Aucune des femmes qu'il avait attaquées ne lui avaient échappé. Il avait les narines dilatées et sa respiration était saccadée. Il ressentait, pour la première fois, l'angoisse de perdre quelqu'un.

Sa mère n'avait rien à voir avec ses activités. Depuis plus de dix ans maintenant qu'il menait sa vie « secrète ». Il devait la retrouver avant qu'elle ne comprenne les nuits en forêt, les vêtements dans la cuve, les taches inconnues.

Il fit un sac avec l'équipement de chasse de son géniteur, un couteau pliant, un pistolet, une hachette et un couvre-visage aux motifs de camouflage. La petite baiseuse ne sortira pas du bois vivante. Pas cette fois.

Juste avant de sortir, le téléphone sonna. Ruth retint son souffle en s'approchant de l'appareil posé au mur. À la troisième sonnerie, il décrocha sans parler.

— Je sais que c'est toi. Elle est au Montagnais. Je t'attends.

Clic !

Il était fou de rage. Sans même déposer le combiné, il quitta la demeure au pas de course, sauta dans sa camionnette en se dirigeant vers le petit motel du village. Ses traits étaient tendus, ses mains étaient moites et sa respiration était irrégulière, inégale. Il sentait qu'il perdait le contrôle de la situation, ça le rendait fou.

Quand il aperçut au loin, les lumières du motel qui brillaient dans la nuit noire, son estomac se tordit et sa mâchoire se crispa. Au-dessus d'une des portes, une ampoule chancelante éclairait le numéro de la chambre. La seule allumée dans toute la villégiature.

En descendant de son véhicule, sans bruit, il s'était approché de la porte, collant son oreille au bois afin d'entendre son adversaire, sans succès. Il n'y avait aucun bruit, comme si la pièce était vide.

La poignée n'était pas verrouillée, il entra dans la petite chambre et aperçut sa mère assise à la table d'appoint. Tranquille, regardant par la fenêtre arrière. Elle s'était tournée lentement, elle savait que c'était son fils qui arrivait et se savait en sécurité, qu'il était là pour la protéger. Il s'était approché d'elle, scrutant ses blessures superficielles.

— Ruth, est-ce que c'est vrai ? avait-elle demandé d'une petite voix brisée.

CHAPITRE

Rose Michaud née Lafleur

Dans la chambre de motel poisseuse, Rose Michaud était assise seule et fatiguée. Ellie l'avait laissé dans la pièce sans plus d'explications. Un pansement lui recouvrait le front et une de ses mains était recouverte d'un linge rempli de sang. Son agresseuse l'avait amoché seulement parce qu'elle s'était défendue. Une inconnue l'avait attendu dans sa propre demeure, alors qu'elle revenait de faire les courses. Une jeune fille, qui aurait pu être jolie, si elle n'avait pas été assombrie par un nuage de violence.

Ruth l'avait rejointe quelques minutes auparavant, en sueur. Il s'était inquiété pour elle, il avait eu peur pour elle. C'était la première fois qu'il démontrait une émotion envers autrui. Il avait pris le temps de regarder ses blessures, avait refait le bandage sur son front. Après un long silence, elle se lança :

— Ruth, est-ce que c'est vrai ?

— Arrête Rose…

— Réponds-moi. Je dois savoir. La jeune femme qui m'a amené ici m'a dit ce que tu lui aurais fait. Ruthie. Est-ce que c'est vrai ?

— Je n'en ai tué qu'une seule. C'était un accident. Ce sont les animaux qui se sont occupés du reste. Voilà, tu es contente ?

Devant sa mère, le garçon, devenu un homme, n'était pas capable de mensonge et encore moins de nuancer quoi que ce soit. Il n'en avait jamais été capable. Lorsqu'il parlait, c'était la vérité toute crue, sans artifice, sans ménagement. C'était tout noir ou tout blanc. Rose se mit à sangloter doucement. Elle se leva de la chaise sur laquelle elle était assise pour prendre son fils unique dans ses bras.

— Alors c'est vrai, tu as agressé ces femmes… Tu as tué ces jeunes femmes… Au fond de moi, je savais, je pense. J'aurais dû intervenir. Mon fils, je t'ai trop aimé, trop défendu… Excuse-moi, Ruth. Excuse-moi de ne pas avoir réussi à te protéger.

— Il n'y avait rien à protéger. Je suis ce que je suis et si ce n'était pas de cette fille, le cycle de la vie aurait continué.

Il regardait sa mère, une petite femme âgée, toute menue. Emmitouflée dans sa veste de laine, elle regardait son unique fils, qui se dévoilait enfin la face de toute la noirceur qui l'habitait.

— J'aurais dû te faire suivre par des spécialistes quand tu étais petit, c'est dans tes gènes mon garçon. Tu es le fils de ton père et malheureusement pour nous, tu tiens toute ta violence de lui.

— Je ne lui ressemble en rien, tu m'entends ?

Le trentenaire était hors de lui, comment osait-elle le comparer à cet horrible personnage ? Il la fixait les narines dilatées, la mâchoire serrée de colère. Elle ne le connaissait pas assez, pas assez pour se permettre quelques ressemblances que ce soit.

— Ruth, écoute-moi. Assis-toi. Ton père était un homme mauvais. C'était le mal incarné. Il a fait de ces choses… C'est pour cette raison qu'on habite dans ce petit village de campagne. À la base, il venait de la Métropole, mais quand la soupe est devenue trop chaude pour lui, il s'est enfui sans laisser de trace, en disparaissant complètement des radars. Il n'a laissé derrière lui que des souvenirs douloureux et des cauchemars. J'aurai dû te dire avant, j'aurai dû t'expliquer avant. Je voulais te sauver mon fils. Ton père…

La voix de Rose se brisa, avec toute la force qui lui restait, elle essayait de contrôler le déluge de larmes qui l'assaillait.

— Ton père, c'était un violeur. Un violeur de jeunes femmes. Il agressait des femmes de la Métropole, celles qui malheureusement se trouvaient sur son chemin. Il a sévi jusqu'en 1970, où il a failli être pris par la police. Il a toujours dit qu'il mourrait avant d'aller en prison, alors il a fui la ville et s'est installé dans ce petit village. Si au moins ça s'était arrêté.

Ruth était assis face à sa mère qui vidait son sac trop longtemps caché. Ses poings étaient si serrés, qu'il s'était blessé et quelques gouttes de sang tachaient ses jeans. Il avait l'impression qu'elle ne parlait pas du même homme qu'il avait connu, et pourtant… Il savait qu'elle avait raison. Il le savait. La mère continua son récit.

— Dans la région, il a aussi fait des victimes, des femmes de passage. Et puis, il y a eu moi. Je venais d'emménager dans mon premier appartement, ma vie d'adulte allait enfin commencer. On s'est rencontré au Montagnais, je venais de décrocher un emploi à la bibliothèque du village. J'avais dix-sept ans et la vie devant moi. C'était à l'été 1971… Et tu es arrivé en 1972.

Il m'a suivi en sortant du bar, m'a proposé de me ramener… Il a dit :

« Une jeune femme ne doit pas rentrer seule la nuit, les monstres les plus menaçants se cachent dans la noirceur. »

Je n'oublierai jamais ses mots. Je l'avais trouvé avenant et gentil, je ne me suis même pas posé la question s'il était lui-même un monstre… Je suis montée dans sa vieille Ford Fairlane brune. Aussitôt la porte claquée, le piège s'est refermé sur moi. C'est sur la route qui mène à sa terre, qu'il…

Rose venait de craquer, tout ce qui restait de sa dignité s'était envolé. Après une pause silencieuse, le temps de reprendre ses esprits, elle continua.

— Quand j'ai appris que j'étais enceinte… Mon monde venait de s'écrouler. Puis, l'idée que ce petit bout de vie m'ait choisi comme maman m'a donné du courage. J'ai confronté ton père. Je suis retournée le voir, je lui ai dit que j'étais enceinte de lui. Au début, il a nié. Il disait que j'en redemandais. Avec mon insistance, il s'était fait à l'idée.

Elle prit une pause pour essuyer ses larmes et son nez qui coulait.

— C'est quand j'ai accouché de toi, qu'il a vu que tu étais un petit garçon, il était si fier d'avoir son joueur de baseball, d'avoir son

« homme » qui suivrait ses pas. Si j'avais su Ruthie. Si j'avais su. Quand il allait dans le bois, je ne voulais pas savoir, je ne voulais pas voir ce qui se passait. J'avais honte, mais je t'avais toi. TU étais mon petit prince à moi. Un jour, il s'est mis à t'amener chasser. Il t'amenait avec lui dans les bois, je me suis rassurée en me disant que vous alliez chasser ou pêcher comme un père et son fils. Je ne sais pas ce qui s'est passé dans ces bois quand tu y étais, même si au fond, je pense que je savais. Je l'ai laissé voler ton innocence en me voilant la face. Tu dois me pardonner Ruth. J'aurais dû t'en parler quand il est mort. J'aurais dû t'en parler quand j'ai vu la noirceur t'envahir. Tu as toujours été différent, j'aurais dû.

Cette fois, la pauvre femme n'arrivait plus à parler tant le torrent de ses larmes était violent.

— Je ne suis pas comme lui. Je ne lui ressemble pas.

— Ruth, tu les as tuées aussi…

— Non, les animaux l'ont fait. Pas moi.

Dans un mouvement qui se voulait tendre, Ruth embrassa sa mère sur le front. Ce n'était pas naturel, mais l'effort y était, elle avait souri tendrement.

Depuis toujours, sa mère savait.

— Je ne suis pas lui. Viens, je te ramène chez toi.

L'homme prit sa mère par le bras afin de l'aider à se rendre à la camionnette. Elle s'agrippait à son fils, comme si elle avait peur de le perdre. Ils avaient roulé sans dire un mot. Ruth n'arrivait pas à assimiler toute cette nouvelle information, il était crispé et tendu, il s'agrippait au volant de ses deux mains et ses pupilles étaient dilatées dans la pénombre. Il avait toujours cru être à l'opposé de cet homme infâme et violent. Il n'avait jamais vu les similitudes. Il avait de vagues souvenirs de la clairière, de la chasse et de la traque de petits gibiers. Il se souvenait que Gérard venait de temps en temps se joindre au duo. La haine qu'il avait envers son paternel était si forte qu'elle déformait peut-être ses souvenirs enfouis.

Rose semblait penser que Lucien l'aurait attiré dans la forêt pour assouvir ses sombres pulsions. Pourtant, il n'arrivait pas à se rappeler. Pour lui, de voir le corps inerte, nu de la dame du funérarium quand ils ont enterré le vieux, c'était ce qui lui avait donné envie de découper, de torturer, de faire mal.

Les premiers rayons de soleil éclairaient la ligne d'horizon, Rose rentra chez elle saine et sauve. Son fils unique la suivait de près. Il lui avait fait infuser un thé à la camomille, avait nettoyé toutes les traces de sang séché, avant de faire une lessive pour que ses vêtements et ceux de sa mère soient bien propres, comme s'il n'était rien arrivé.

Dans la matinée, il s'était préparé comme à l'accoutumée, il était monté dans sa voiture, sous le regard de Rose, lui envoyant la main. Les joues de Rose s'étaient inondées alors qu'elle lui retournait la salutation. Quelque part au fond de son âme meurtrie, elle savait.

C'était la dernière fois qu'elle le voyait en vie.

CHAPITRE

Le soleil était levé depuis un moment déjà, le piaillement des oiseaux matinaux se faisait entendre. La journée printanière s'annonçait magnifique. En bordure de route, l'homme laissait sa voiture à son endroit habituel.

Il pénétra dans le dédale boisé d'un pas confiant, marchant en périphérie des petits sentiers naturels, ne laissant aucune chance à sa proie de le voir arriver. Elle allait payer pour le mal qu'elle avait fait à sa mère. Elle allait payer de s'être enfui de ses terres à lui, de son royaume, où il était le seul roi.

Elle l'attendait au centre de la clairière comme une proie facile, pourtant elle le, provoquait avec sa désinvolture. Pourtant, il en était tout autrement. Elle avait prémédité cet affrontement. Elle voulait l'exterminer, comme tous les autres abuseurs avant lui et tous les autres après lui.

Elle marchait le long des arbres, regardant derrière son épaule comme si elle savait qu'à tout moment, il pouvait surgir. Elle écoutait les sons de la nature à la recherche d'un craquement inhabituel. Il remarqua immédiatement qu'elle avait déterré des restes de squelettes humains. Elle avait posé les crânes au pied du gros peuplier, celui qu'il où il l'avait attachée. Si seulement avait-elle su qu'il s'agissait d'un cimetière.

Comme un rapace guettant son gibier, il la traquait à travers les hautes herbes et les fougères, attendant le bon moment pour la piéger. Ruth sentait l'électricité qui passait dans chaque parcelle de son corps. Soudainement, elle cessa de bouger, de respirer, elle était à l'affût.

— Je sais qu't'es là. Tu pues le porc sale.

Il n'avait pas répondu, se contentant de la fixer avec agressivité. Elle se retourna finalement directement vers lui. Elle ne pouvait pas le voir à cause de la végétation, mais elle pouvait le sentir. Elle souda son regard directement dans celui de l'homme. Si ce n'était de sa haine, il la trouverait probablement jolie.

— Sors de ta cachette. Détends-toi, y va rien t'arriver de ***grave*** là.

Il était sorti du bois, lentement, la dévisageant. Il faisait jouer la lame de son couteau rétractable. Cette dernière étincelait sous les rayons du soleil qui perçait la forêt. Il s'imaginait déjà la pendre à la branche du peuplier, avant de l'entailler partout, de faire couler son sang. Il la voyait déjà, presque inerte, en train d'abuser de son corps, de l'humilier, de la déshumaniser.

— Tu vois, c'était pas si compliqué, dit-elle.

Elle marchait vers lui en prenant son temps, son fidèle sac à main taché de sang, dans sa main gauche. Elle savait qu'une pierre ne serait pas suffisante pour venir à bout de ce furieux monstre, mais elle avait plus d'un tour dans son chapeau. Dans son dos, elle avait un calibre 38, chargé, bien enfoui dans son jeans et dans sa main dominante elle tenait, elle aussi, un couteau de chasse. Elle l'avait acheté la veille, juste avant d'aller chercher Rose. C'est ce même couteau qui avait entaillé la main de la vieille dame.

La tension était palpable, les deux se fixaient d'un œil mauvais en se déplaçant lentement, le long des courbes de la clairière. De vrais chiens de faïence.

— Ta mère s'est défendue, une vraie lionne. Sauf quand j'y ai dit que c'était à cause de toi que j'étais là. Elle a arrêté de se battre pis elle s'est assise sur une chaise de cuisine.

— Ne parle pas d'elle, dit-il, tranchant.

— Elle n'a même pas bronché quand je lui ai dit ce que tu m'as fait. Elle le savait. Elle sait ce que t'es. Un esti de sadique pervers.

— J't'ai dit de pas la mêler à ça.

— C'est pas toi qui donnes les ordres, *buddy*. Tout ce qu'elle répétait, c'est que c'était de sa faute à elle, si tu étais comme ça. Moi, je pense pas. Je pense que t'es de même parce que tu as sûrement vécu de quoi de gros. Je le sais en fait, parce que c'est comme ça que moi je suis devenue aussi maniaque que toi. J'ai tué moi aussi.

— J'en ai tué juste une ! C'était un accident !

— Ben oui, ben oui ! Tu sais, si tu les laisses inconscientes ou que tu ne leur portes pas secours, c'est que tu les tues. Même si, techniquement, ton but c'est que ce soient les oiseaux pis les rapaces qui s'en occupent. Tu sais comme moi que c'est juste parce que t'es faible pis que tu vis dans le déni.

— …

— Un esti de femmelette. Une grosse criss de moumoune. Moi j'ai tué. J'ai jamais eu peur de la mort, pis moi, j'assume.

Elle était maintenant à quelques centimètres de lui.

De se faire insulter comme ça, dans sa forêt, lui rappelait son père. Toute la méchanceté et l'horreur que son père lui faisait vivre. Il eut un flash si puissant qu'il est tombé sur les genoux, sous le regard amusé d'Ellie.

Il se souvenait d'être dans la clairière, il devait avoir huit ou neuf ans. Son père y était aussi. Il y avait une jeune fille attachée au gros peuplier, qui hurlait. Il se souvenait que Lucien l'avait regardé droit dans les yeux et lui avait dit :

— Si tu veux pas être un joueur de baseball, m'a faire de toi un homme d'une autre manière. Approche-toi, pis coupes-y le ventre en deux.

Il se rappelait qu'il l'avait fait, il avait ouvert le ventre de la pauvre jeune femme. Avec sa petite main d'enfant tremblante, il avait appuyé le couteau de chasse sur la peau nue de la fille et avait commencé à couper. Seulement ce n'était que superficiel, Lucien lui avait alors pris la main et avait enfoncé la lame dans l'abdomen de la pauvre victime. Ruth se souvint que le sang avait coulé, beaucoup. Il revoyait son patriarche se déshabiller avant de prendre la fille dans tous les sens pour assouvir cette pulsion malsaine. Il avait la vision de son père nu, du sang partout sur lui, partiellement séché. Le petit garçon restait assis sur la souche, regardait ce qui se passait, sans réagir. Après sa besogne, le vieux avait égorgé la jeune femme avant de la couler dans le lac. Il s'était nettoyé dans ce même lac, avant de rentrer en avertissant bien comme il le faut le petit :

— T'es mieux de jamais rien dire à personne, mon gars. Parce qu'y va t'arriver la même affaire pis tu vas finir dans le lac à nourrir les poissons, c'tu clair ?

Le petit avait hoché de la tête, le regard vide. Les premières lueurs noires montaient dans son âme tout doucement. Il se souvenait du frisson d'excitation qu'il l'avait habité lorsque le sang avait giclé. Il se souvenait du sentiment de puissance que ça lui avait procuré.

Tout à coup, les parties de chasse et de pêche lui sont revenues, aussi limpides que de l'eau de source. Il revoyait son père, découper puis baiser de jeunes filles de passage. Il se souvenait que quand Gérard les accompagnait, qu'il n'aimait pas ça parce qu'avec lui, il fallait se contrôler et ne pas trop faire saigner. Gérard pensait que lorsque l'acte était terminé, pendant qu'il ramenait Ruth à la maison, Lucien allait conduire la fille dans un village voisin, pour s'en débarrasser. Il se souvenait que lui n'avait pas le droit de toucher aux filles, seulement de les torturer. Son père lui disait qu'il était trop faible pour toucher une femme. Il n'était qu'une couille molle, un peureux, un moins que rien.

Il revient à lui. Elle était juste là, accroupie devant lui, à le fixer. Elle était curieuse de ce qu'il venait de se remémorer. Devant lui, à distance parfaite pour la perforer.

— Je ne suis pas une femmelette.

C'était la voix tremblante de colère qu'il avait prononcé ces mots. Il s'était relevé d'un bond, comme un lynx agitant sa lame dans l'air.

— JE NE SUIS PAS FAIBLE !

Il s'était lancé sur Ellie la clouant au sol de son poids, elle riposta d'un coup de couteau dans l'abdomen de l'homme. Il laissa échapper une plainte qui s'éteignit dans les bruits de la forêt. Au loin, le sifflement d'un urubu. Il roula sur le côté tenant la plaie de sa main. Malgré la douleur, sa colère ne faisait que s'agrandir. À son tour, il planta la lame de son couteau dans la cuisse de la jeune femme, c'était l'endroit le plus facilement atteignable pour la blesser avant de pouvoir s'acharner sur elle. Elle cria de surprise avant de se ressaisir.

— Tu ES faible. À partir du moment où tu as cru pouvoir décider de mon futur en essayant de m'éliminer, comme tu l'as fait avec d'autres femmes, tu es devenu un lâche.

— Je te tuerai, chienne !

— Faudrait pour ça que tu te tiennes debout… avait-elle ri, l'humiliant.

Difficilement, il se releva, debout devant elle, il la dominait. Elle était au sol, elle tenait sa cuisse en essayant de ralentir l'afflux d'hémoglobine. Il avait repris le contrôle, triomphant. Il se pencha sur ce petit corps et donna un coup de couteau directement dans l'épaule de la fille. Elle lui souriait de toutes ses dents, malgré la douleur fulgurante.

— Continu, prouve que t'es un homme, pas juste un lâche.

Avec la botte de son pied droit, il écrasait les doigts de la fille alors qu'elle riait à gorge déployée. Il voulait la faire taire. Il lui envoya un premier coup de pied au visage, avant de simplement écraser sa joue contre le sol. Il maintenait une pression constante, il savait qu'elle ne rirait plus, il voulait qu'elle se taise à jamais. Il reprit son couteau de chasse de l'épaule de la pauvre et le plaça sur son sternum, juste entre les deux seins et s'enligna pour l'ouvrir en deux afin de l'éviscérer, mais il fut surpris en pleine action. Elle lui tira une balle directement dans sa cuisse. En moins de deux, il s'effondra dans l'herbe.

— Tu ne gagneras pas aujourd'hui, Ruthie.

Elle n'en avait pas fini avec l'abject personnage. Elle lui asséna plusieurs coups avec son sac à main, qui contenait une pierre cueillie plus tôt. Son crâne ne résista pas longtemps. Il n'émettait maintenant plus que d'infimes plaintes ressemblant à des gazouillis. Elle sortit la hachette du sac de l'homme, elle prit son élan aussi loin que son épaule lui permettait avant de la laisser tomber directement sur le droit de la cuisse, sectionnant aussi le Sartorius. Des éclats de sang jaillissaient de la jambe de Ruth, il eut quelque soubresaut, avant de perdre connaissance. Avec le couteau de chasse, elle s'était défoulée sur son abdomen. Quand son massacre fut terminé, elle se leva en disant :

— On va laisser les animaux s'occuper de toi.

Il ne restait de lui qu'une masse informe sanguinolente, les animaux en auraient rapidement fini avec lui.

Elle avait réussi à garrotter son épaule et sa cuisse. Heureusement pour elle, il ne l'avait blessé qu'en surface. Elle avait retiré la pierre de son sac taché de sang, puis s'était dirigée vers le peuplier qui avait servi à pendre tant de pauvres femmes. Plus tôt dans la matinée, alors qu'elle attendait l'arrivée de Ruth, elle avait découvert des restes de squelettes humains.

Au début, elle n'était pas certaine, mais quand elle était tombée sur un crâne pratiquement entier, elle n'eut plus aucun doute : elle était sur le triste cimetière d'un psychopathe. Ce qu'elle ignorait, c'était que cette clairière était un cimetière de père en fils et que beaucoup d'autres squelettes attendaient d'être découverts.

CHAPITRE

C'était un mardi. La mère de Ruth, Rose, n'avait pas eu de nouvelles de son fils depuis déjà plusieurs jours, depuis que la jeune femme était venue dans sa maison pour le faire chanter. Elle avait décidé d'appeler à la municipalité pour savoir s'il s'était présenté au travail. De cette façon, elle saurait s'il lui était arrivé quelque chose.

— Madame Michaud, je suis désolé, avait répondu le surintendant. Nous n'avons pas vu Ruth depuis jeudi dernier. Nous attendions à demain pour vous contacter. Ce n'est pas dans ses habitudes de ne pas venir travailler.

— Merci…

La pauvre était effondrée, elle savait bien qu'il ne reviendrait pas, mais l'amour d'une mère ne s'éteint jamais complètement.

Vers l'heure du souper, ce soir-là, Gérard s'était présenté au domicile des Michaud, casquette dans les mains et mine basse.

— Bonsoir Rose !

— Entre Gérard.

— Écoute, je m'inquiète pour ton gars. Y'a deux semaines, on aurait dit qu'il avait vu un fantôme, il était blême sans bon sens, je l'ai vu vomir pis toute. Pis là, jeudi passé, il a sauté dans son truck, pis pu de nouvelles. Talheure[5], le surintendant est venu nous questionner, ça l'air que toi non plus, t'as pas de nouvelles du p'tit, c'est vrai ça ?

Rose avait acquiescé en silence, les larmes inondaient son visage frêle. Elle se

[5] Québécisme : tout à l'heure.

tourna vers le vieil ami de son défunt mari et s'agrippa à sa chemise.

— Gérard, tu la connais, toi, la forêt ? Je sais que tu allais chasser avec Lucien dans le temps. Va chercher mon fils, Gérard. Ramène-moi mon fils !

— T'es-tu sûre qu'il soit caché là ? C'est gros comme place, tu voudrais qu'il fasse quoi depuis quatre jours, là-bas ?

La femme avait supplié le soixantenaire avec ses yeux bleus, noyés de larmes, déposant sa main frêle sur l'avant-bras de l'homme. Il mit sa main sur celle, toute petite, de la femme. Il se dit que sa peau était aussi mince que du papier, il avait presque peur de la briser encore plus.

— Je vais y aller, Rose. Je vais y aller à première heure demain matin, avec mon chien. Il est habitué de pister. Donne-moi un morceau de linge du petit. Je vais te le ramener ton gars. P'tit criss, faire ça à sa mère m'as-t'y passer un savon…

— Merci, tu étais un vrai ami pour Lucien, merci de nous aider. Amène ton arme au cas où. Sois prudent, on ne sait pas ce qui se passe dans ces maudits bois-là. Ramène-le-moi.

Rose pleurait comme une madeleine, elle était décousue dans ses propos. Le pauvre Gérard ne savait pas trop comment agir devant autant de désespoir, autant de peine. Sur le chemin du retour, l'homme ne cessait de penser à rose. Arrivé chez lui, il raconta la disparition de Ruth et son inquiétude concernant sa pauvre mère, à sa femme, Yvonne. Il lui demanda si elle accepterait de tenir compagnie à Rose, ce qu'elle acquiesça sans hésiter.

Il était revenu et était entré sans frapper. La femme éplorée n'avait pas bougé.

— Yvonne va rester avec toi cette nuit, c'est plus prudent. Moi j'ai déjà appelé la *job*, j'ai le go pour aller chercher le p'tit.

— Viens Rose, viens avec moi. Prends ce cachet, tu as besoin de dormir un peu. Viens, on va aller se reposer un peu, dit Yvonne, le plus doucement du monde.

Elle avait donné un calmant à la mère en pleurs pour qu'elle puisse se reposer un peu, les derniers jours avaient été tellement intenses, elle devait se reposer. Sa grande amie avait dormi sur le canapé de la famille, veillant sur Rose régulièrement. Cette dernière avait pu dormir un peu, d'un sommeil agité. Sa nuit avait été remplie de cauchemars de tout genre. Elle rêvait d'un nuage noir qui se répandait partout autour d'elle.

Au petit matin, Gérard s'était présenté à la maison des Michaud avec du café pour tout le monde.

— J'ai ma radio avec moi, ma carabine. Si y'a de quoi, je vais pouvoir rejoindre, René au poste, y va appeler la police provinciale s'il y a de quoi.

Presque aussitôt, Rose s'était remise à pleurer en silence. Avant de partir, il la prit dans ses bras, lui promettant qu'elle reverrait son fils. Les deux femmes étaient restées sur le porche, regardant le petit véhicule quatre-quatre quitter en direction de la forêt.

Gérard était entré dans la forêt après avoir stationné sa voiture derrière la camionnette de Ruth. Il l'avait inspecté et n'avait rien remarqué de spécial, mais il savait maintenant que le p'tit serait sans doute dans ces bois. Gérard l'avait toujours surnommé ainsi, se refusant de l'appeler par son prénom… féminin.

La densité de la verdure ralentissait l'homme âgé qui criait le nom de Ruth régulièrement. À mi-chemin entre la route et la clairière, Brutus, le chien pisteur se mit à pleurnicher et tirer, il avait senti quelque chose.

D'un pas mal assuré, Gérard avait suivi le chien en espérant que celui-ci avait pisté un lynx, ou un renard. N'importe quoi, mais pas le p'tit. Il priait que le jeune soit simplement parti de son gré, changer d'air et qu'il soit toujours vivant.

La forêt s'ouvrait enfin sur l'éclaircie qu'il connaissait bien, il y était venu plusieurs fois avec Lucien pour chasser et pour s'amuser lorsqu'il y avait de jeunes filles qui se joignaient à eux. Il avait l'impression qu'il reculait dans le temps, à une autre époque. Une époque malsaine. Il s'était laissé convaincre que c'étaient les filles qui avaient « couru après », que c'étaient des petites salopes en manque et qu'elles essayaient de faire leurs intéressantes en pleurant pis en se débattant. Il se souvenait que le petit Ruth les regardait faire, sans dire un mot. Il tapochait les filles parfois, mais restait en retrait la plupart du temps. Tout à coup, il se sentait sale, faible, il n'était pas fier, les souvenirs remontaient aussi vite que le haut-le-cœur qui le saisit à la gorge.

Il vit un urubu à tête rouge au-dessus de ce qui restait du corps inerte. Dans toute sa splendeur, il avait les ailes déployées.

L'oiseau tourna la tête lentement vers le vieil homme, un morceau de chair pendait toujours de son bec. Ils se dévisageaient dans un face-à-face qui sembla durer une éternité. Le rapace retourna à son repas pour en prendre une dernière bouchée avant de s'envoler vers la cime des arbres de la forêt primitive.

En voyant au centre une masse inerte, il comprit qu'il arrivait trop tard. Comme son père avant lui, Ruth avait rendu l'âme au centre de cette clairière, à la merci des animaux.

Le corps du jeune homme était méconnaissable, tant il avait été violenté. Il avait été battu avec fureur et animosité. Il avait le crâne ouvert, des morceaux de cervelles gisaient sur le sol, visiblement mangés par la vermine. Son abdomen avait été découpé en forme de croix, qui partait de son sternum à son nombril et d'un côté à l'autre. Les « coins » avaient été relevés, ses organes avaient été picossés, exposés à la nature. Il lui manquait un pied et sur la cuisse de l'homme il y avait une blessure par balle, tirée à bout portant.

Gérard se mit alors à vomir toute son âme, il était sur les genoux se vidant de tout. Le chien, quant à lui, léchait les plaies du cadavre. Le vieux avait réussi à s'approcher du corps et avait trouvé un mot cloué sur une des côtes.

> *« À celui qui trouvera Ruth, sachez que vous êtes dans le cimetière d'un agresseur de femmes. Cherchez bien, de vieux souvenirs referont surface... »*

Au pied du peuplier qui avait servi à accrocher tant de femmes, deux crânes humains reposaient. L'homme respirait avec difficultés, sa vue se troublait, il sentait son cœur complètement déséquilibré. Il prit sa radio, la main tremblante et il communiqua avec le chef de police, au poste.

— René ? René ? C'est Gérard…

— À l'écoute Gérard.

— René… C'est un carnage, le p'tit ! Y'a été éventré ! Y'a de la cervelle pis des organes répandus. Y'a des ossements aussi. Ramène-toi. Grouille esti.

— Gérard ? Sors de là, ne touche à rien, on s'en vient.

— René… Tabarnak !

Gérard, homme d'une autre génération, pleurait maintenant toutes les larmes de son corps. Il tremblait si violemment qu'il n'arrivait plus à se tenir debout. Tant d'atrocités, tant d'abominations. Son chien était assis près de lui sans comprendre toute l'horreur, tentant de rassurer son maître. Il avait aboyé quand il avait entendu les renforts.

ÉPILOGUE

Le soleil était presque à son zénith. Au loin, le grondement de la horde de policiers, ambulanciers, premiers répondants qui arrivaient sur les chapeaux de roues se faisait entendre. Un urubu à tête rouge survolait la cime des arbres.

La forêt avait été encerclée, puis fouillée. Le corps de Ruth Michaud avait été sorti dans un sac mortuaire, avant d'être amené directement à la morgue de l'hôpital Saint-Sacrement-de-l'Enfant-Jésus, dans une petite région au nord de la Métropole, la même qui l'avait vu voir le jour. Gérard avait été conduit par ambulance à ce même hôpital pour soigner son choc nerveux. Il avait vieilli d'un seul coup, ses cheveux grisonnants semblaient encore plus blancs.

À midi, le chef de police avait sonné à la porte de Rose Michaud, son képi sous le bras.

— Est-ce que je peux entrer, Rose ?

Elle s'était écartée de la porte, lui laissant le passage. Elle s'était assise sur le fauteuil, avait pris une longue inspiration.

— Il est mort ? demanda-t-elle sereine.

— Je suis désolée, Rose.

— Je veux ravoir mon fils.

— Il est à la morgue, mais tu le reconnaîtras pas. La mort remonte, les animaux ont ravagé son corps, tu comprends.

— René, je veux ravoir mon fils. Il doit être ramené dans sa famille…

— Rose, il y a pas que ça… On a trouvé…

— Je sais. Fais ce que tu as à faire, mais laisse-moi mon fils, avait-elle coupé sèchement.

Le chef de police avait quitté la résidence, la tête basse. Annoncer à une mère le décès de son enfant n'était pas chose facile, encore moins de lui dire qu'il était suspecté de monstruosités. Dans la carrière de René jamais, il n'avait été confronté à cette misère humaine. Jamais. Même pas lorsqu'il avait dû annoncer à cette même femme la mort de son époux.

Les funérailles de Ruth ont été célébrées dans la plus grande discrétion presque trois semaines après la découverte macabre. Yvonne s'était présentée pour soutenir Rose. Elle n'était pas restée longtemps, elle devait retrouver son mari à l'hôpital.

Aucun service funèbre, seulement une simple parole du prêtre, avant qu'il soit descendu dans le trou à côté de son père, celui qu'il avait tant haï.

Dans le village, la nouvelle qu'un psychopathe rodait parmi les leurs s'était répandue comme une traînée de poudre. Les villageois plaignaient la pauvre Madame Michaud. Quelle horreur ! Pourtant, personne ne se présentait chez elle pour lui offrir du soutien. Elle était dévisagée où qu'elle aille.

Au lendemain des obsèques de son fils, Rose Michaud avait été retrouvée par Yvonne qui passait avant de retourner auprès de son époux, pendue dans son garage, entourée des six sacs à main des victimes de Ruth, ses trophées. Elle avait ouvert le bac de rangement opaque posé sur une haute tablette dans le garage. C'était avec ces preuves que l'identité de six victimes avait été confirmée, même si d'autres ossements avaient été trouvés. Les autorités se disaient qu'au moins, ces femmes disparues avaient été retrouvées et rendues à leurs familles, leur permettant ainsi de vivre leur deuil.

Gérard ne s'était jamais remis de ce qu'il avait vu dans le bois, ce jour maudit. Il avait d'abord sombré dans un mutisme complet pendant plusieurs mois. Après un séjour à l'hôpital, il était rentré chez lui et la dépression s'était emparée de lui. Il ne souriait plus, il n'était plus que l'ombre de l'homme qu'il avait été. Yvonne tentait d'être forte pour les deux, sans grand succès.

Deux ans après les évènements, Gérard a été retrouvé assis sur une chaise de patio sur le perron avant de sa maison, inanimé. Il aurait été victime d'une crise cardiaque fulgurante, personne n'avait cherché plus loin.

*****

Dans le petit village de Ferme-Nouvelle, à quelques heures de Calme Forêt, une femme de la vingtaine était assise dans un petit restaurant à déjeuner à lire le journal. On indiquait que le corps d'un homme avait été trouvé dans les bois et qui, selon toute vraisemblance, était un tueur en série et il aurait sévi sur une vingtaine d'années. La découverte d'ossements plus anciens fait penser qu'il aurait peut-être eu un complice. Pour l'instant l'affaire suivait son cours. La jeune souriait fièrement. Elle avait pris son sac avant de régler l'addition, puis avait repris le chemin de la route principale en faisant de l'autostop. Un routier s'arrêta à sa hauteur.

— Tu vas où ma belle fille ?

— Dans le nord.

— Monte, je me rends à Grande-Tumulte.

— Merci, c'est bien gentil.

Le routard était bien content qu'une belle et jeune femme fasse la route avec lui… Il démarra le camion pour filer sur la route sinueuse. Après un certain temps à faire la conversation, un monologue plutôt, il s'étira pour placer sa main sur la cuisse d'Ellie. Il était tellement absorbé par ses idées salaces, qu'il ne vit pas la lueur noire et destructrice au fond de ses yeux.

Ellie s'était rendue à Grande-Tumulte, mais pas le routard. Son camion avait fait une embardée avant de tomber près de la rivière. Le chauffeur était mort sur le coup, il avait une blessure profonde au front, comme s'il avait été frappé par quelque chose de lourd et de dur.

L'évènement a été classé comme un accident et aucune recherche supplémentaire n'a été faite. Comme une roue qui tourne, laissant une meurtrière d'agresseurs en liberté, en toute impunité.

Pendant combien de temps peut-on sévir en toute impunité ?

FIN

REMERCIEMENTS

Merci mon amour, de toujours embarquer dans mes folies, de toujours chercher le détail que je ne trouve pas pour m'aider, de répondre à mes questions non pertinentes sur beaucoup trop de sujet. Merci de me faire rire. Toujours.

Mon alpha lectrice, Sabrina Poirier. Merci de ton temps, de ta patience, de tes mots, de ton aide. Je t'aime.

Mes lecteurs.rices test, Rebecca D., Marilyne A, Séb V et Joseph A. merci pour votre temps et vos idées, vous avez fait grandir ce roman.

Merci Jessica C.T, pour ta précieuse aide lors de la correction.
Kossé que j'ferais sans toi!

Merci monsieur Stéphane Luce, président fondateur de l'organisme MDIQ, pour votre travail.

PLAYLIST CRÉATIVE

LA PLAYLIST EST DISPONIBLE SUR YOUTUBE

Quand on se donne par Francis Martin

9 to 5 par Dolly Parton

Qu'est-ce que ça peut ben faire par Éric Lapointe

You don't owe me par Lesley Gore

Le sang de la vendetta par Passi

I Refuse par Five Finger Death Puch

Run Away to Mars par Talk

Vilain Era par Bryce Savage

Mélomane par Souldia

Drowning par Radio Company

In my place par Kalsey Hickman

VALÉRIE CLÉMENT - AUTEURE

VALERIECLEMENT_AUTEURE

VALERYE1118

www.ingramcontent.com/pod-product-compliance
Lightning Source LLC
La Vergne TN
LVHW010108170826
845678LV00012B/2305

* 9 7 8 2 9 8 2 2 0 4 7 1 3 *